財神門徒

之10

感情攻勢

劉晉成 著

財神門徒

目錄

第一章 內部紛爭

崔廣才黑著臉，紀建明一進來就感覺到氣氛不大友好，再看看劉大頭的表情，這傢伙也是冷著臉。

紀建明知道這事他遲早得給這兩兄弟一個交代，往椅子上一坐，一副死豬不怕開水燙的樣子。

「想罵想揍都來吧。」

劉大頭鼻孔裏出氣，冷哼了一聲，轉過了身，不再看他。

林東一路上都在想著該把管蒼生安排在什麼位置上，當初他一門心思只想得到這個不可多得的天才，腦袋裏並沒有考慮太多，如今如願以償帶著管蒼生回來了，不得不考慮如何在管蒼生和金鼎老員工之間尋找一個平衡點。

他清楚以崔廣才為首的資產運作部一定會非常抵制管蒼生這個外人，如果一開始就把管蒼生放到了資產運作部主管的位置上，弄不好下面人可能會集體罷工，到時候管蒼生被孤立成了光杆司令。公司運轉不靈，那很可能造成極大的損失。

如果把管蒼生置於崔廣才和劉大頭之下，林東又覺得大材小用了。資產運作部除了崔廣才和劉大頭，其他人都只是負責操作交易的，幹的是沒有什麼技術含量的體力活，讓管蒼生去做這樣的事情，那簡直就是對人才的糟踏！

林東不得不考慮到管蒼生的感受，他很可能因為得不到重視而產生消極的心裏，到時候可別成了徐庶進曹營，一言不發一計不獻。長此以往，天才也將被埋沒，這顯然是他最不願意看到的結果。

還沒到蘇城，穆倩紅就打來了電話，說是已經在離公司不遠的紫金飯店訂好了客房與包廳。

林東心想管蒼生不能一直住在酒店。就讓穆倩紅張羅著看一套公寓，打算買一套公寓送給管蒼生。讓管蒼生在蘇城安家落戶，那樣管蒼生的心定下來了，工作上面也會更專心。

想了一路，直到進了蘇城，林東還是沒有想出怎麼解決管蒼生的位置問題。

管蒼生一路上一直在睡覺，連續喝了兩頓東北小燒，他的身體實在是有些扛不住了，所以就趁著在車裏沒事就睡了一路。進了蘇城之後，張氏和管蒼生都醒了，林東也暫時拋開了煩心事，開始為二人介紹起蘇城來。

張氏一輩子去過最遠的地方就是徽縣的縣城，何曾見過如此繁華的都市，一路上像個孩童一般，對什麼都很感興趣，見到高聳入雲的大樓，不禁問起這些大樓是怎麼建造起來的。這讓林東和管蒼生都不知如何回答。

「老紀，開車去紫金酒店。」

紀建明點點頭，很快就轉上了一條大道，往紫金酒店的方向開去。

林東扭頭對坐在後排的管蒼生道：「管先生，今天晚上我把公司資產運作部的同事都叫了過來，到時候大家為你接風洗塵，他們以後都是你工作當中經常要打交道的人，我也希望你們互相之間能夠儘快熟悉熟悉。」

管蒼生笑道：「我一來就要麻煩大家，看來今晚我得多喝幾杯酒謝罪了。」

林東道：「最近這幾天暫時委屈先生在酒店住著，我已經吩咐下屬為先生和老太太找房子了，等找好了房子，再搬進新居。」

管蒼生明白林東要贈房子給他，連忙說道：「林先生，這樣不妥吧，我管蒼生未建寸功，無功不受祿，我怎麼好接受你那麼大的饋贈呢。」

林東笑道：「先生就別再推辭了，套用一句時髦的話說，你就是我們公司引進的高端人才。現在很多大學裏引進學科帶頭人或者是一般有名氣的學者，都是事先就講好待遇的，送房子和安排家屬工作都是提前做的。」

管蒼生歎道：「如此說來我真是誠惶誠恐，只有加倍努力，希望能儘快做出成績，以對得起林先生和公司對我的這份厚待。」

林東道：「先生之前不知道有沒有來過蘇城，工作的事情先不急，這幾天我安排同事帶你和老太太在蘇城逛逛，領略一下蘇城的風光。」

管蒼生道：「我是個不安分的人，早在念大學的時候就跑遍了中華大地，我記得我還是二十年前左右來過的蘇城，現在一看都變樣子了，一點也看不出原先的樣子了。外面的世界變化得真快啊。我老管與社會脫軌這麼些年，剛出來還是有些不適應。」

林東道：「既然如此，那就先好好逛逛，熟悉熟悉一下現代的都市。」

管蒼生點點頭。沒說什麼。

紀建明開車到了資金酒店的大廈下面，穆倩紅已經在等候了。下了車，林東領著管蒼生母子，介紹道：「管先生，這是我們公司公關部的主管穆倩紅，你有什麼要求都可以跟她提。」

管蒼生朝穆倩紅微微頷首一笑，給人的感覺冷冰冰的，不大好相處。

穆倩紅笑道：「久仰管先生大名，一路奔波，肯定非常疲憊吧，我帶您和老太太先到客房裏稍作休息。」

張氏則非常喜歡這個漂亮的女孩，拉著穆倩紅的手問這問那，一路聊得十分開心。管蒼生是個內冷外熱的人，不熟悉他的人都覺得這人十分難相處，一旦熟悉了，就會發現其實他是個非常好相處的人。穆倩紅對他的第一印象多半是來自書本和網路上的，人們形容他暴戾無常，但見到真人之後，卻發現管蒼生只是對人冷漠了些，並沒有看出他脾氣有多壞。

穆倩紅知道管蒼生是林東的貴客。於是便訂了酒店最好的房間，是一套總統套房，十分的豪華舒適。張氏坐了大半天的車，雖然大奔很舒適，但也吃不消，說是累了，於是管蒼生就要服侍她上床休息。

穆倩紅趕緊搶在前面。把老太太帶進了臥房裏，倒也不嫌這個山溝裏來的老太太髒，細心的伺候老太太入睡。

等到穆倩紅出來，明顯看出管蒼生看她的眼神柔和多了，心想自己在這個前中國證券業教父心中的形象應該多少有點提高。

林東道：「管先生，你也累了吧，現在離吃飯的時間還有兩三個鐘頭，我看您是不是先休息一會兒？」

管蒼生道：「嗯，是有些疲倦了。林先生，那我休息一會兒。」

林東道：「倩紅，你留下來照顧管先生和老太太。」

穆倩紅點點頭，林東帶著紀建明離開了客房。

二人回到了公司，林東進辦公室給手機充電去了，沒電的這段時間還不知道有多少人找過他，心裏想著可不要出什麼大事。

紀建明進了公司，就被劉大頭叫到了資產運作部他和崔廣才的辦公室去了。

崔廣才黑著臉，紀建明一進來就感覺到氣氛不大友好，再看看劉大頭的表情，這傢伙也是冷著臉。紀建明知道這事他遲早得給這兩兄弟一個交代，往椅子上一坐，一副死豬不怕開水燙的樣子。

「想罵想揍都來吧。」

劉大頭鼻孔裏出氣，冷哼了一聲，轉過了身，不再看他。

崔廣才冷冷道：「老紀，你這事做得太不夠兄弟義氣了吧，你明知道管蒼生來了肯定會搶了我和大頭的位置，為什麼還要帶林總去？」

紀建明道：「二位，能聽我一言嗎？」

劉大頭背對著他，聲音中夾著怨怒，「你說，我倒要看你怎麼為自己辯解！」

紀建明神色平靜，他早有準備，緩緩道：「我不是辯解，我只是說出事實。林總不是我帶去的，是他拉著我去的！我在情報收集科的位置上，所以有什麼重要的情報我都要向老闆彙報，這是我的職責。管蒼生出獄，引起四方震動，各路人馬蜂擁一般去了管家溝，這麼大的事情我能不稟報他嗎？我也不希望林總去找管蒼生，可他聽了這個消息之後，二話不說，拉著我就去找管蒼生。我一路上沒少勸他，你們不是不知道林總的脾氣，他打定了主意的事情，九頭牛都拉不回來。兄弟我盡力了，可惜還是阻止不了，我總不能一棍子把老闆砸暈了扛回來吧！」

紀建明說完之後，劉大頭和崔廣才都沉默了，他們知道這事不能怨紀建明，只是心裏實在是窩了火，只想找個人發洩發洩。

最後，還是紀建明說了一句，「大家都是希望金鼎好，我希望二位不要因此而影響了工作。」

崔廣才開口問道：「林總有沒有說怎麼安排管蒼生？」

紀建明搖搖頭，「這個我不知道，反正沒跟我說過，他就在辦公室，你們可以直接找他問問去。」

劉大頭冷笑道：「老紀，你真敢開口，怎麼問？問問林東是不是要把咱倆拿下讓管蒼生上？這不此地無銀三百兩嘛。」

崔廣才瞪了劉大頭一眼，「大頭，你小點聲，林總就在對面的辦公室裏。」

劉大頭氣得兩眼往上翻，一屁股往椅子上一坐，一言不發。

紀建明道：「二位兄弟想開點吧，林東雖是咱們的老闆，可也是咱們的兄弟啊，我想他一定會顧及你們的感受的。」

崔廣才問道：「老紀，你見過管蒼生，你覺得此人堪當大任嗎？」

紀建明道：「我與他沒說過幾句話，不過當年他有多厲害你們也都知道。我跟你們說說這次去管家溝的見聞吧……」

紀建明繪聲繪色的描述起這次去管家溝的驚險經歷，令劉大頭和崔廣才難以置信的是，竟然會有那麼多的人去請管蒼生。

廉頗老矣，尚能飯否？

崔廣才與劉大頭對視一眼，心中都有這個疑惑。

紀建明說完，起身道：「我去辦公室了，你們也別多想了，一切都會在今晚水落石出。」說完，離開了這間辦公室。

「乖乖，那麼多人去請管蒼生，連陸虎成都去了，林東能在那麼多人當中把管蒼生搶過來，不容易啊！」劉大頭歎道。

崔廣才道：「那麼多人，姓管的偏偏就跟著林東回來了，這不是天意嘛！」

劉大頭直搖頭，二人也沒心思去想工作上的事情，完全被一個未曾謀面的人打亂了心緒。

林東進了辦公室，立馬給手機充電，充了一會兒之後開了機，收到幾條簡訊，打開一看，是提示他關機時候漏接的電話簡訊，李民國在前天下午一連給他打了三個電話。

林東心知李民國打電話給他，肯定是為了國際教育園那塊地的事情，心想李民國那麼急著找他，肯定是出了什麼事了，馬上給李民國撥了個電話過去。

電話很快就接通了，林東問道：「李叔，前天找我有什麼事嗎？」

李民國道：「小林啊，你怎麼才回我電話？這兩天都快把我急死了。」

林東心中產生了不祥預感，問道：「是不是國際教育園那塊地出現問題了？」

李民國道：「我上次跟你說過，還有另一撥人對那塊地很感興趣。那天我收到消息，聽說那一方人的攻勢十分猛烈，已經搭上了省裏的關係。我急著找你，已經都幫你約好了主管部門的領導吃飯，哪知一直聯繫不到你，後來我只能把老臉豁出去，跟人家賠了不是。小林，李叔盡力了，那塊地，唉，已經被那幫人拿去了。」

「李叔，那幫人可是金氏玉石行的少東家金河谷一夥人？」林東問道。

李民國道：「是他，我也是剛剛知道的，金家現在不滿足僅僅做玉石生意了，開始多向發展了。」

國際教育園那塊地就像是個聚寶盆，原先林東心中是要志在必得的，沒想到陰差陽錯，金河谷趁他不在蘇城之際，發力猛攻，搶先一步拿到了地。老話說魚和熊掌不可兼得，林東總算是明白了這句話的含義，近段時間他想做的事情實在是太多了，以至於精力過於分散，在國際教育園這塊地上實則也沒下過多大的工夫，導致今天這個結果也是在情理之中。

不過他相信得一人者得天下，即便是失去了國際教育園的那塊地，他還有管蒼生這個天才。他相信管蒼生會帶給他的絕不是那塊地能夠比擬的！這件事也給他提了個醒，人在同一時間內是不可能事事都做得很好的，看來之前還是自視甚高。林東靜下心來想一想。是應該理一理手頭上的這些事情了。

「李叔，雖然事情沒成功，但還是要多謝謝你，改天我約你吃飯，有個非常好的投資專案，到時候我說給你聽聽，你一定會很感興趣的。」

林東承認自己心情有些失落。不過並沒有表現出來，經過這一年的歷練，他已能很好的控制自己的情緒。

李民國從他的聲音裏聽不出任何悲觀的情緒，心中為林東叫了聲好，年紀輕輕就能做到處變不驚，要比他那兒子強太多，「小林，那下次見面再說吧。對了，這段時間庭松好像跟一個女孩走得很近，我聽說那女孩也姓金。咱們蘇城姓金的可不多啊。」

林東笑道：「李叔，你不用猜了，那女孩叫金河姝，是金河谷的親妹子。」

李民國早已知道，不悅的道：「我是不想跟金家結親的，這女孩取了個什麼名字，聽上去跟韓國人似的。你們同齡人好說話，有機會你幫我勸勸庭松。我還是希望他能找個體制內家庭的女孩，那樣對他以後的仕途會很有幫助。」

「行，下次見他，我一定好好問問他怎麼想的。」

林東嘴上應了下來。心裏卻沒有打算去干涉李庭松的感情，若是讓李民國知道他兒子之所以能和金河姝勾搭上完全是因為他，林東心想李民國估計要氣得吹鬍子瞪眼了。

掛了電話，林東站在窗前，心想金河谷終於擺了他一道，那傢伙這幾天應該很得意吧。出來混遲早是要還的，林東總算明白了這句話的含義，金河谷並非是那種只知吃喝玩樂的富家大少，他這麼年輕就能掌舵金家玉石行，絕非是泛泛之輩，看來日後若與此人爭鬥，需得小心謹慎些。

他在辦公室處理了一些事務，臨下班的時候穆倩紅發來簡訊，說管蒼生和張氏都已醒來了。林東起身穿上了外套，起身出了公司。他沒有去資產運作部的辦公室，不打算提前與崔廣才和劉大頭接觸，他要看看這夥人今晚真實的表現。

一個人開車回家洗了個澡，換了一身乾淨衣服，林東開車就往紫金飯店去了。到了飯店，他去了管蒼生入住的客房。管蒼生穿了一身新衣服，剃了鬍子，頭髮也洗過了，好好的梳理了一番，這樣看上去還有幾分昔日英俊小生的模樣。

「管先生，你這番一打扮，昔日的風采又都回來了啊。」林東笑道。

管蒼生笑道：「這都是小穆替我張羅的，她趁我睡覺的時候給我和我娘都買了幾套衣服。我的那些衣服還都是十幾年前的舊衣服，是跟不上潮流了。」

林東聽到管蒼生對穆倩紅改了稱呼，心想穆倩紅就是穆倩紅，搞關係的能力果然厲害，那麼短的時間內就成功讓管蒼生對她建立了好感。

這時，張氏穿著新衣服從房裏走了出來，她一輩子也沒穿過那麼好的衣服，這新衣服剛上身，真還有些不適，覺得走路都彆彆扭扭的。

穆倩紅走到老太太身旁，挽著老太太的胳膊，親暱的就像是孫女見了奶奶似的，「老太太，您穿這身衣服真好看，年輕的時候肯定是十里八鄉的漂亮人兒。」

老太太笑得合不攏嘴，「你這丫頭，盡說討人歡心的話。」

穆倩紅電話響了，她走到一邊接了一個電話，說完電話之後過來告訴林東，說資產運作部的同事都到了酒店門口。

林東對管蒼生道：「管先生，人都到齊了，咱們下去吧。」

管蒼生點點頭，說道：「媽，餓了吧，下去吃飯吧。」

張氏道：「你們去吧，我就不去湊熱鬧了，老太太喜歡清靜。」

林東朝管蒼生看了一眼，徵求他的意見，管蒼生道：「林先生，那就隨我媽的意思吧，她不愛湊熱鬧的。」

林東對穆倩紅道：「倩紅，你幫老太太叫份晚餐上來，陪老太太吃完飯後再下去。」

穆倩紅笑道：「我也是這麼想的，林總，你帶管先生下去吧，這邊有我呢。」

林東帶著管蒼生下了樓，二人到了包房，崔廣才和劉大頭帶著一眾資產運作部的員工都已經到了。一夥人分散開來，有的在閒聊，有的在玩撲克，見老闆帶了個小老頭進來，紛紛和林東打招呼，卻沒有一個主動和管蒼生打招呼的。

管蒼生自然知道這些後輩是故意冷落他，也不生氣，一直面帶微笑。

林東帶著管蒼生走到崔廣才和劉大頭面前，做了一下介紹，「老崔、大頭，過來拜見管先生。」

林東發話，這兩人自然不會違抗，走到管蒼生面前，臉上掛著十分勉強的笑容。

劉大頭先開了口，「管先生你好，我是資產運作部的劉大江，幸會。」

管蒼生略一點頭，派頭十足，連一句寒暄的話都沒有。

崔廣才見管蒼生如此傲慢，火氣更大了，開口道：「你好，我叫崔廣才。」

管蒼生對他如對劉大頭的態度是一樣的冷漠。

林東心中納悶，剛才管蒼生見下面的員工的時候分明是面目含笑，為什麼見到這兩個頭頭卻是這番態度？

這時，酒店的經理走了過來，問林東是否可以上菜了。林東心想飯桌上好說話，就讓他趕緊上菜。

劉大頭和崔廣才過去安排手下的員工入座，林東和管蒼生坐在一個桌子上，管蒼生低聲道：「林先生，看來公司的員工們似乎並不樂意我來啊。」

林東笑道：「管先生不要多想，他們只是跟先生不大熟悉，熟悉了之後就不會這樣了。」

過了一會兒，崔廣才和劉大頭過來坐了下來。

各式佳餚如流水般端了上來，崔廣才和劉大頭跟林東喝了幾杯酒之後就到旁邊的桌上和手下的員工們喝酒去了，而這邊的桌子上就只剩下林東和管蒼生。林東心裏壓著火氣，這兩人分明就是不給他面子，若不是管蒼生在場，他當場就能發作。

管蒼生倒是一副無所謂的樣子，雖然做了十幾年的牢，但他還是當年的那個特立獨行我行我素的管蒼生，他是不會在意外人對他的看法的。管蒼生一邊和林東喝酒，一邊聊起十幾年前他來蘇城的見聞。

林東害怕管蒼生生氣，倒也非常盡心的和他聊天，希望可以稍微緩解冷清的場面。

「當年我來蘇城，街道兩旁都還是白牆青瓦的老房子，人說姑蘇是小橋流水人家，我一個北方人到了江南，看到江南的秀麗風光，第一眼就被吸引了。那時候我還在讀大學，功課不是很多，我就邊打工邊玩，在蘇城整整待了一個月。嘿，說起來那時候的人要比現在能吃苦多了，沒錢的時候，隨便找個公園，就在公園的長凳上睡了下來，因為這個，我當時還認識了幾個乞丐朋友。」

管蒼生回憶起年輕時候的那段歲月，感慨頗多。

穆倩紅陪張氏吃完晚飯之後，張氏知道讓這麼個大姑娘陪著自己這個老太太沒什麼意思，就催著她下來了。穆倩紅進了包房，一眼就看到只有林東和管蒼生兩個人的一桌席，她朝旁邊的幾桌看了看，崔廣才和劉大頭這兩個傢伙正混在人堆裏划拳喝酒，心想這兩人也真是糊塗了，管蒼生是老闆請來的，他們這麼做顯然是不給老闆的面子啊。

穆倩紅逕自走到林東那一桌，在他身邊坐了下來。

「老太太吃過了嗎？」林東問道。

穆倩紅道：「放心吧林總，老太太已經吃過了，正在看電視呢。」

林東道：「你忙前忙後一天了，趕緊吃點東西吧。」

穆倩紅道：「我得先敬管先生幾杯酒。」她倒上了酒，站了起來，笑道：「管先生，歡迎你加入我們金鼎投資，相信您的加入會使我們金鼎公司的實力更強。」

她這話說得很大聲，就連旁邊那幾桌吵吵鬧鬧的人都聽到了。崔廣才和劉大頭朝穆倩紅望去，臉色不是很好看，心想這女人畢竟不是和他們一批進公司的，不同心同德啊，竟然大張旗鼓的歡迎管蒼生，這讓他倆的面子往哪兒擱。

管蒼生笑道，也是很大聲的說道：「小穆你胸襟廣闊，有容人之量，不嫌管大哥我礙手礙腳，我敬你一杯。」

劉大頭看著崔廣才，二人的眼神裏都帶著憤怒，這老傢伙剛才的話分明就是指桑罵槐，指責他們倆沒有容人之量啊！

崔廣才和劉大頭相視一眼，端著酒杯朝林東那一桌走去，二人打定了主意，要好好灌灌管蒼生。

「管先生，好久沒和兄弟們一起喝酒了，所以剛才就過去喝了一圈。怠慢了管先生，還請管先生別往心裏去，來，我敬管先生幾杯。」崔廣才笑道。

管蒼生道：「崔老弟不需要太客氣，咱們以後是要一起共事的，我看就這樣吧，咱倆就喝一杯。我年紀大了，比不了你們年輕人，喝多了身體吃不消。」

崔廣才心知已被管蒼生看破了心中所想。笑道：「怎麼能就喝一杯呢？先生是德高望重的前輩，能見到先生，是我們後輩的榮幸，喝一杯對先生太不敬了，不能這樣。」

「是啊是啊，依我看我們資產運作部的每個人至少應該跟管先生喝三大杯，這才顯得出對管先生的尊敬嘛。」劉大頭在一旁鼓舌道。

管蒼生臉色一變，收起了笑容，冷冷道：「二位，我說一杯就一杯，絕不多喝。喝多了誤事，來吧，喝了這杯我還有話要說。」

劉大頭朝崔廣才望去，二人皆沒想到管蒼生居然會這樣直白的拒絕他們，簡直一點面子都不給，令二人心中的怒火更盛。

劉大頭和崔廣才面無表情的和管蒼生碰了一下杯子，三人將杯中之酒一飲而盡。

管蒼生道：「二位都坐下，老管我有話說。」

劉大頭和崔廣才坐了下來，心想倒要聽聽你要說什麼。林東也大為納悶，管蒼生想要說什麼呢？

管蒼生道：「林總，你是不是也在為了把我放在什麼位置上而犯愁呢？」

林東萬萬沒想到管蒼生一開口竟然說的是這話，略為尷尬，含笑點了點頭，「先生聰慧過人，我心裏想什麼都瞞不過你。」

管蒼生轉而對崔廣才和劉大頭道：「我想二位也很關心這個問題吧。現在我就給二位一個交代。我管蒼生跟著林總不是為了名利來的。我是為著林總的恩情，報恩來的，無論林總把我放在什麼位置上。即便是做最底層的員工，我也絕無怨言。二位，我絕沒有和你們搶位置的想法，如果林總要我領導二位，那麼我管蒼生會對他說不！金鼎有今天，全靠了在座各位的拚搏與努力，我不能坐享你們的成果。在這裏，我懇請林總把我當做一個普通員工對待，我願意接受崔老弟和劉老弟的領導，願意在他們手下做個底層的操盤手。」

劉大頭一下子就亂了，敢情他們一直認為管蒼生是來搶位置的，豈知人家根本沒有那個想法，當下羞愧的低下了頭。崔廣才則不然，他認為管蒼生剛才那一番話全部都是在作秀。

「管先生，你是昔日的江湖老大，我們這些後輩根本沒資格跟你平起平坐，更別說領導你了，我崔廣才斷然不敢有非分之想，若是管先生不棄，我願意跟在管先生後面學些本事，聽從先生差遣。」

崔廣才心想你會說漂亮話，我難道就不會嗎？

管蒼生歎道：「崔老弟看來對我還是不信任，老話說好漢不提當年勇，我管蒼生輝煌也是十幾年前的事情了，如今的世界日新月異，我怕我的老思想早已經不適應現在的這個市場了，哪有什麼資格教你？倒是應該向老弟你多討教才是。」

崔廣才道：「不管怎麼說，先生的威名還在，我斷然不敢爬到先生的頭上。」

林東二人推來推去，開口說道：「兩位都坐下吧，我有些話想說。」

二人聽了林東之言，都坐了下來。

林東開口道：「我有個提議，說出來你們聽聽。老崔、大頭，管先生是我們的前輩，我們理應尊重他。不過管先生說得對，他離開市場太久了，對現在的市場根本不瞭解，需要時間去熟悉市場。你們不要再想誰領導誰的問題，我打算讓管先生先單獨做事，先熟悉一下現在的市場再說。」

穆倩紅道：「林總，你的意思是說，在資產運作部之外在為管先生開設一個部門嗎？」

林東搖搖頭，「不，管先生的工作就是資產運作，怎麼能讓他脫離資產運作部，我的意思是讓管先生去資產運作部工作，不屬於資產運作部的任何人管。老崔、大頭，你們有意見嗎？」

劉大頭道：「我沒意見。」

崔廣才知道林東這樣做已經算是給足了他的面子，笑道：「我一切聽從林總的安排。」

林東對管蒼生道：「管先生，我打算拿出一千萬給你，你先用這筆錢在市場上找找感覺，如何？」

管蒼生道：「林總，一千萬太多了，我還是謹慎點，先給我一百萬吧。」

崔廣才心中暗道，看來這個老傢伙真是在牢裏蹲久了，膽子怎的變得那麼小，哪裏還看得出來昔日中國證券業教父的影子，區區的一千萬就害怕了。

林東笑道：「行，先生想怎麼樣就怎麼樣。倩紅，你為管先生整理出一間辦公室。」

穆倩紅道：「明天一早我就去做。」

管蒼生笑道：「不用太麻煩了，一張桌子，一張凳子，和一台電腦就可以了。」

林東道：「老崔、老紀，這樣的安排你們該滿意了吧，接下來就別繃著臉了，好好和管先生交流交流，聽他講一些當年操盤的事情，我保準你們會聽得入迷。」

崔廣才和劉大頭可以說都是非常崇拜管蒼生的人，至今他們還會拿管蒼生的經典戰役拿出來分析，聽了林東這話，才想起的確是心裏有很多問題想問管蒼生。劉大頭先開了口，開始問起九一年管蒼生是如何將保安藥業從幾毛錢炒到一百多的。

管蒼生稍稍回憶了一下，從如何看中那支股票談起，到建倉，再到拉升，一直聊到如何出貨，毫無保留的當著他們的面說了出來。管蒼生要他們明白一個道理，在中國做股票，千萬不能死盯著盤面，要從盤外想辦法。

接下來的氣氛十分友好，崔廣才和劉大頭對管蒼生的操作手法佩服得五體投地，巔峰時期的管蒼生，每出一招那都是神來之筆，出乎一般人的意料，卻總能收到極好的效果。崔廣才和劉大頭二人都清楚自己的資質，雖然也算不錯，但要是想達到管蒼生當年的大師級水準，那是這輩子都基本沒希望了。

管蒼生的敘說很精彩，在其他幾桌吃飯的資產運作部的員工紛紛圍了過來，本應該是熱鬧的包房內變得極為安靜，安靜的只有管蒼生一人的聲音，其他人都已經入迷了，誰也不肯離去，生怕錯過了精彩的細節。

就連對這一塊不是很瞭解的穆倩紅也入了迷，她感興趣的不是如何炒作股票，而是管蒼生當年如何應對各路人馬。面前這個小老頭，當年可是人人追捧的大明星啊，比起現在國內許多一線的英俊小生還令人著迷，當年不知道有多少女明星自動獻身於他。當年管蒼生所到之處，必然會掀起一陣颶風，而當年的管蒼生年少輕狂，也非常的享受這種受眾生仰慕的感覺。

而林東一直從旁觀察管蒼生的表情，發現他講到自己當年輝煌的時候，臉上沒有一絲的自豪感，相反，有的時候還會從他眼神中看到一絲痛苦。林東知道現在的管蒼生成熟了，浴火重生，洗盡鉛華，他不再為名譽所累，不再追求金錢與美色，現在的管蒼生更冷靜，更睿智，更可怕！

眾人一個接一個問題的問，管蒼生不厭其煩的講解，他身上的故事說也說不完，若不是後來林東見時間很晚，不讓員工們再問問題了，說不定聊上幾天幾夜都不會散場。

第二章 砸場子

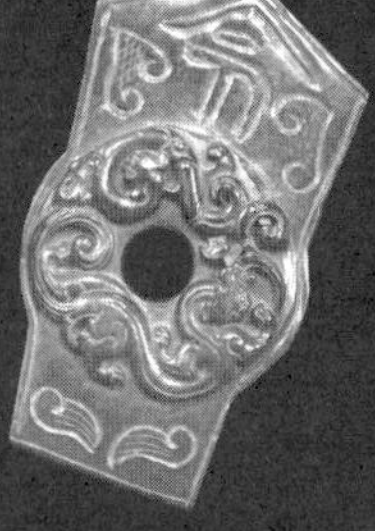

江小媚朝那兩人望去，這兩人手裏提的竟是白色的菊花，她心中驚愕，這種花只有在上墳的時候才會用，今天是公司更名的日子，如果要送花，應該選擇顏色鮮豔的，比如紫色和紅色，這兩種顏色代表著紅紅火火。金河谷提這種花過來，分明就是來砸場子的。

酒宴過後，資產運作部的員工先走了，林東和穆倩紅把管蒼生送到了客房，時間已是深夜，沒聊幾句，就讓管蒼生休息了。

穆倩紅喝了酒，林東不放心讓她開車，就主動提出要送她回家，穆倩紅自然樂意。林東開車行駛在深夜車輛寂寥的寬闊馬路上，穆倩紅頭靠在車窗上，靜默不語，林東則專心開車，因而二人一路上基本上沒什麼交流。

穆倩紅早年打拚的時候，賺到的第一筆大錢就投資在了房產上，她不是名牌大學出生，甚至連大學的學歷都還是後來自考所得，十七歲高中畢業就背井離鄉，獨自來到蘇城闖蕩，因為聰明伶俐，所以很快就在蘇城站穩了腳跟，買房買車。她所住的社區不算是什麼高檔的社區，但因為買得早，地理位置絕佳，現在已成了絕品，所以一平米都炒到了四五萬左右。

林東一直開車將她送到了她家的樓下，下車之前，穆倩紅開了口。

「林總，上去喝杯茶吧，晚上你也喝了不少酒，一定感到口乾舌燥吧。」

穆倩紅誠意邀請道。

林東心中有些猶豫，這麼晚了，去一個異性單身下屬的家裏總感覺怪怪的，若是傳出去，別人聽到耳朵裏，即便是沒什麼，恐怕也會在腦子裏為他倆構造點事情出來。

「倩紅，太晚了，不麻煩你了，上去早點休息吧。」

林東笑著說道，婉言拒絕了穆倩紅的邀請。

穆倩紅心中微微有些失望，她借著酒力，本有些話想對林東說的，可林東顯然不打算給他這個機會。

穆倩紅為緩解彼此之間尷尬的氣氛，轉而把話題轉到了工作上面，說道：「林總，管先生的住房要什麼規格的？」

林東道：「一百五十平米左右，裝修要好，位置最好在公司附近。」

穆倩紅道：「要不要給管先生配輛車？」

林東本來也有此打算，但仔細一想，送管蒼生房子其他員工是看不到的，若是再送他車，難免被公司其他員工看到，很容易就會引起資產運作部那幫人的不滿，心想這事得緩一緩。說道：「車是要配的，不過不是現在，等資產運作部的那幫人對管先生不再有閑言蜚語的時候，再考慮車子的事情。」

穆倩紅道：「林總說得對，我今晚酒喝多了，考慮的不周全。」

林東笑道：「沒事的，別看今晚老崔和大頭他們聽管先生講故事聽得那叫一個起勁，其實他們對管先生的嫌隙和防備並沒有完全消除。在一起共事那麼久，我很瞭解他們倆，他倆最佩服的是有能力的人，只要管先生的手段能讓他們佩服，我想不需要我說，他倆也會主動把管先生推到上面。」

穆倩紅從林東話裏品出了味道，看來老闆早有想法把管蒼生凌駕於崔廣才和劉大頭之上，不過這完全得看管蒼生自己爭不爭氣了，雖說他曾經無比的風光，畢竟那已經是十幾年前的事情了，現在還剩多少能力，未可而知。

穆倩紅見林東似乎對管蒼生很有信心，她心裏也很想看看管蒼生是如何以實力征服金鼎上下的。

「林總，路上開車小心。我上去了，謝謝你送我回來。」

穆倩紅嫣然一笑，推開車門下了車。

林東開車離去，回到了自己的家中，本想給高倩和柳枝兒打個電話。告訴她們他回來了，但一看時間。已經是凌晨一點了，心想她們應該早已睡了，於是只好作罷，洗了個澡就上床睡覺去了。

第二天一早，林東開車就去了溪州市，今天是亨通地產和亨通大廈更名的日子，他作為公司的董事長，這樣的大事是必須要參與的。

到了亨通大廈，他站在大廈下面抬頭看了看亨通大廈那四個燙金的大字，心想明天就看不到這幾個字了，公司跟汪海有關的東西正在逐漸消亡，亨通地產將在他的手上以全新的面貌出現在所有人的面前。

亨通大廈裏外張燈結綵，進了大廈，迎面看到的所有職員臉上都帶著熱情洋溢的笑容，今天這個大日子對亨通地產的每個人來說都是大日子。公司的大部分員工都持有亨通地產的股票，他們知道公司更名意味著什麼，意味著手裏的股票將大漲，那可都是實實在在的錢啊！

公司裏已不再有認不得林東的職員，這一路之上，遇到的每個人都會跟他打一聲招呼。年輕的老闆面帶微笑，打招呼的人太多，他不能一一回應，也只能報以眾人一笑。

已經有員工搶著跑到了電梯門口，為林東按了電梯，等著老闆的到來。

林東乘電梯到了頂層，進了辦公室，這裏竟是全公司唯一沒有開暖氣的辦公室。

周雲平幾天沒見他，卻也不擔心林東不會來，因為今天這個日子老闆是肯定會到的。上次董事會，林東把選擇公司更名日期的事情交給了宗澤厚，宗澤厚為此特意去了一趟九華山龍虛觀，龍虛觀的老道紫陽真人是宗澤厚的舊交，深通陰陽百家之術，能掐會算，對於風水堪輿這門學問最是精通。老道受故友之托，當然不會糊弄了事，為此誠心齋戒，沐浴更衣，於龍虛觀紫霄殿中為宗澤厚卜了一卦，定下了今天這個大吉大利的日子。

「老闆，你可回來了。」周雲平笑道。

林東道：「小周，你小子一個電話都沒給我打，你要是怕我忘了，難道會不給我打電話嗎？這證明你小子吃定了我會回來，還跟我裝什麼裝。」

周雲平笑道：「瞞不過您，老闆，出席儀式的禮服我給您放在裏面的休息室了。哦。對了。這兩天江部長來找過您很多次，可惜您都不在，她說打您手機也聯繫不上。」

林東心想江小媚難道有什麼急事找他，如果真是急事，她應該會跟周雲平說的，因為林東不在的時候，一直都是周雲平負責公司一切事務的。想到這裏，林東就知道了江小媚為何多次來找他，笑問道：「小周，是不是拿東郊那塊地抵押辦貸款的事情辦妥了？」

周雲平驚問道：「老闆，你太神了，江部長聯繫到你了？」

林東搖搖頭，「我前幾天去了一趟徽縣，手機沒電了好幾天。她怎麼可能聯繫得到我。」

周雲平不解的問道：「老闆，那你怎麼知道辦貸款的事情辦妥了的？」

林東笑而不語，轉身進了休息室。江小媚是汪海的嫡系人馬，汪海垮台之後，她自然是害怕被新老闆清算的，所以一直想找機會表現自己，正好上次辦貸款的事情林東讓她從旁協助芮朝明，江小媚逮著立功的機會，當然會好好表現一番的了。

林東心想如果是遇到了什麼問題，除非萬不得已。江小媚肯定不會因為有問題來找他的，而竟在他不在的時候多次來過，只有一種可能，那就是來表功的。

休息室的衣架上掛著熨燙平整的禮物，林東脫下了身上所穿的外衣，換上了禮服。

走出休息室的時候，周雲平告訴他董事會成員都已經到齊了。

林東看了看時間，八點半了，龍虛觀的紫陽真人定下的吉時是今天上午的九點。他快步走出了辦公室，周雲平緊隨其後。

到了董事會的會議室內。宗澤厚帶頭起身歡迎，其他人以他馬首是瞻，當然也會站起來歡迎林東。

與眾人寒暄了一番，林東客套的話也沒多說，笑道：「吉時就快到了，咱們去典禮現場吧。」

更名典禮設在亨通大廈內部的一個禮堂裏，禮堂可以容納千人，非常的大。

從董事會的會議室裏出來，林東走在最前面，兩旁站著宗澤厚和畢子凱，後面按佔有公司股份多少排序，十五人的董事會成員分成了三排。

亨通地產更名的消息在公司網站上已經提前掛出來了，禮堂裏此刻已經聚集了不少媒體的記者。典禮由公關部的江小媚負責，她在禮堂的最前面專門設立了一個媒體專區，所有過來的記者都聚集在那兒。對於前來採訪的記者，她也安排員工贈送了禮品。

當董事會成員走進禮堂的那一刹，鎂光燈便閃個不停。董事會的這幫人早已習慣了這種場面，個個面帶微笑，頷首向台下的媒體記者微笑致意。

媒體專區後面則是前來參加典禮的賓客，公關部向所有跟公司有業務來往的企業單位都遞去了請柬，除了這些人之外，還有好些不請自來的朋友。這些朋友多數是亨通地產領導層的朋友，其中大部分是董事會成員的朋友。

林東放眼望去，台下坐著許多熟悉的面孔，這些熟悉的人當中絕大部分都是金鼎投資公司的客戶，這些人都是蘇城有頭有臉的人，林東雖然沒有邀請他們，但卻都自發的過來了，為的就是給林東捧場。

來的人自然不會空手而來，台下已經放滿了花籃，上面貼著紅紙，寫明了是誰送的，這場面就像是一家公司開業一般。

溪州市電視台的王牌主持人米雪是江小媚的閨蜜，二人自幼一起長大，情同姐妹。這次江小媚出面，沒花一分錢把米雪給請來了，讓她擔任更名典禮的主持人。

董事會的成員在台上落座之後，江小媚看到了林東，趁著難得的空閒，趕緊到了林東近前。

林東起身把江小媚帶到了一邊，笑道：「江部長，這段時間你辛苦了，工作非常出色。」

江小媚道：「林總，你跟我去後台一下，咱們今天的主持人想見見你。」

江小媚邀請米雪來做主持的時候，跟他說了自己公司的老闆有多麼年輕帥氣。米雪當然不信，這些年她認識不少上市公司的高管和老董，一個個吃的腦滿腸肥，身材肥胖如豬，沒一個年紀不在四十之上的。聽閨中密友如何誇讚她的老闆，米雪心裏好奇，心想倒是要看看這人是不是有那麼好。

林東出去幾天，並不知道江小媚的具體安排，笑道：「那你帶我去見見吧。」

江小媚把林東帶到後台，米雪已經畫好了妝，正在等待登台。

「小雪，我們老闆來看你了。」

米雪一轉身，看到江小媚身旁年輕帥氣的男人，他身材高大，棱角分明，鼻樑英挺，最令人著迷的是他深邃如幽潭一般的黑色雙眸，彷彿看一眼便會永遠沉淪其中。

米雪在電視台工作，沒少見過帥氣的男星，不過那些人與眼前的這個人比起來，明顯要輕佻浮躁許多。她有些失神的看著林東，品味他與實際年齡不符的成熟穩重。

米雪自幼喪父，是在母親的拉扯之下長大的，一直很渴望父愛，所以對成熟穩重的男人特別有感覺，看到林東的第一眼，就讓她產生了觸電般的感覺。

林東認識米雪，看過她主持的節目，這個主持人擁有讓人過目難忘的美麗，他伸出手，微微笑道：「米雪你好，我叫林東。」

米雪這才回過神來，見過無數大場面的她竟然顯得略微慌張，與林東的手碰了一下就收回了手，笑道：「林總，沒想到你這麼年輕。」

江小媚道：「小雪，怎麼樣，我沒騙你吧？」

江小媚微微一笑，「時間快到了，典禮馬上就開始了，還請林總先回主席台就座，我馬上就去。」

林東點點頭，轉身出了後台。

江小媚貼了過來，她剛才就發覺到了閨蜜的反常，笑道：「小雪，這可不像是你啊，剛才怎麼了？」

米雪調整好狀態，捏了她一把，「我很好，沒怎麼啊。」

江小媚詭秘一笑，「我那麼瞭解你，別想瞞我，老實說，是不是看上我們老闆了？」

米雪故意裝出生氣的模樣，嗔怒道：「小媚，你別瞎說了，否則我可生氣了。」

江小媚笑道：「好啦好啦，時間到了，該你出場了。」

米雪將全部心思都收回到工作上，她一旦找回了狀態，立馬就恢復成了那個冷靜自若壓得住場的知名主持人。

江小媚站在後面看著米雪窈窕的背影，心中升起一股暖意。從小到大，她的朋友都不多，甚至可以說是很少，交心的就只有米雪一個了。想想也真是覺得奇怪，她和米雪根本就是兩個類型的人，竟然會成為那麼好的朋友。米雪高傲獨立，猶如一朵寒梅，孤芳自賞，卻惹來無數人的追捧，而她熱情如火，活脫脫一朵姿色的玫瑰，為了生活的更好，不得不賣笑陪酒，與那些她不喜歡甚至厭惡的男人曖昧糾纏，玩一種叫著「虛情假意」的遊戲。

就是這麼兩個性格截然相反的美麗女人，竟是彼此最好的朋友，真是不可思議。

米雪走上了台，台下立馬轟動了。媒體區的記者們調轉鏡頭，捕捉她的每一個表情，而米雪很顯然也非常熟悉這種場面，她不用刻意去擺出什麼姿勢，只是那麼雙腿交叉一前一後隨意的站著，就抵得過萬種風情。

她的聲音珠圓玉潤，猶如天籟，才一開口，整個禮堂就安靜了下來，沒有人願意出聲，所有人都在傾聽。

「各位來賓，各位朋友，很高興大家百忙之中前來參加亨通地產的更名儀式，與我共同見證這值得紀念的時刻，我是主持人米雪。下面……」

米雪的記憶力驚人，有過目不忘之能，她之前並沒有準備好講話稿，只是隨意看了看亨通地產的資料，站在台上便能將亨通地產的情況脫口而出，倒背如流，加上她過硬的專業素質，使得原本沉悶的更名典禮多了許多樂趣。整個更名典禮彷彿就是她一個人的表演，林東作為亨通地產公司的董事長，本應該是此次典禮主角，但在米雪光芒的遮掩下，也只能淪為配角。

典禮結束之後，已是中午，照例要在酒店款待各路來賓與媒體的記者。

林東走下主席台，到台下與前來參加典禮的賓客會面，一是感謝他們來參加，二是聯絡一下感情。蘇城來了不少人，都是金鼎公司的大客戶。就連許多蘇城市政府的領導雖然不能親自來參加，但也以私人名義派人送來了花籃祝賀。

林東被一幫老朋友團團圍住。脫身無暇。

米雪走到後台，卸去了妝。

江小媚一直在等她，見她回來，豎起了大拇指，「小雪，看來明天不知道有多少家的網站和報紙的頭條要是我們公司的更名典禮嘍，你剛才的表現太棒了！」

米雪問道：「我是不是搶了你們老闆風頭了？他會不會不高興？」

江小媚笑道：「這個你就放心吧。我們老闆雖然人年輕，但是脾氣卻很隨和，你把更名典禮主持的那麼好，他感謝你還來不及呢。」

米雪卸了妝，露出清水芙蓉般清秀的面容，皮膚白嫩細膩，齒如扇貝，與化了妝那妖嬈的造型判若兩人。她的助手見她起身，拎起了包，跟在她後面往外面走去。

江小媚在後面叫住了她。「小雪，公司在酒店設了席招待來賓，你不過去嗎？」

江小媚停住了腳步，若是往常，她絕不會停下腳步，不知今天是怎麼了，心裏竟然泛起了想讓林東面對面向她說一聲「謝謝」的想法。

她的助手瞧出了她的異常，低聲提醒道：「下午三點還有個節目。」

江小媚道：「小雪，這次你分文不收，你要再連杯水酒都不喝，那我心裏真的會很過意不去的。」

米雪回頭道：「可我下午還有工作啊。」

江小媚知她動搖了，繼續說道：「這有什麼？你吃點東西就走好了。再說了，你如果就這麼走了，老闆那一關我肯定過不去，他肯定會責怪我的。」

米雪心裏還想見見林東，江小媚已經為她找好了理由，當下就說道：「好吧，就算是幫你過關了，記住，你欠我一個人情。」

江小媚心中暗道，我一提老闆她就答應了，看來小雪真的對老闆有些興趣。在江小媚心裏，林東無疑是一個多金優質男，心想如果真的能撮合米雪與林東成為一對，對米雪來說是一件好事，對她來說也是一件好事，以後在亨通地產，不，應該說是金鼎建設，肯定能如魚得水了。

江小媚挽著米雪的胳膊，二人走出了禮堂，林東和董事會的成員已經先走了，他們帶著各路來賓先去了公司的下屬酒店食為天。

江小媚看到冷冷清清的禮堂，笑道：「小雪，咱們趕緊過去吧，他們已經先過去了。」

這時，禮堂的入口處忽然走進來一個身材魁梧的年輕人，他見到空蕩安靜的禮堂，心想肯定是來遲了。他掃了一眼，看到正朝門口走去的三個人，前面的兩個堪稱絕色，嘴角泛起一抹笑意，走了過去。

「你好，請問更名典禮已經結束了嗎？」

江小媚笑道：「你好，我是金鼎建設的公關部主管江小媚，請問先生您是？」

這男人微微一笑，「我叫金河谷，是來參加貴公司更名典禮的，呵呵，看來我是來遲了。」

江小媚沒想到這個晚來的男人竟是金氏玉石行的少東家金河谷，金氏玉石行在江省的財力是不可小覷的，金家經營百年，家底豐厚，而金河谷坐擁的家產比她的老闆林東肯定只多不少。

江小媚有心巴結，笑道：「金先生，公司在附近的酒店設宴款待所有來賓，若是不嫌棄，就與我一起過去喝杯水酒吧。」

金河谷一下子遇到兩個天仙似的玉人兒，當然樂意多說幾句話，他的目光更多的停留在江小媚身旁的米雪身上，他是認識這個知名主持人的，對米雪的興趣也要多過江小媚。

「那我就打擾了，還請前面帶路。」

這時，入口處進來兩個手提花籃的人，見到金河谷，問道：「老闆，結束了，咱們的花怎麼處理？」

江小媚朝那兩人望去，這兩人手裏提的竟是白色的菊花，她心中驚愕，這種花只有在上墳的時候才會用，今天是公司更名的日子，如果要送花，應該選擇顏色鮮豔的，比如紫色和紅色，這兩種顏色代表著紅紅火火。金河谷提這種花過來，分明就是來砸場子的。

米雪也是微微一蹙眉，不過這是金鼎建設公司的事情，她作為外人，不會去管這些。

金河谷揮揮手，「放心吧，你們走吧。」

江小媚心中已有了看法，金河谷和她老闆林東的關係應該不是很好，否則也不會送白菊花來拆台。她畢竟是金鼎建設的一員，金河谷做出如此的舉動，江小媚心裏當然不會開心，心裏釣這隻金龜的想法也隨之大減，對金河谷的態度也冷淡了不少。

「金先生，請隨我來。」

到了大廈外面，江小媚發現原本亨通大廈四個燙金大字的招牌已經換成了金鼎大廈四個字。

金河谷是開車過來的，當下拉開車門，邀請江小媚和米雪坐他的法拉利，「兩位女士，若不嫌棄，就請讓我為二位做一回司機吧。」

江小媚倒是無所謂，看著米雪，徵求她的意見。

米雪是公眾人物，未免惹來閒言閒語，她一向是不坐外人的車的，更別說是金河谷這個她第一印象並不好的人了。此時，米雪的助手已經把車開了過來，米雪轉身就上了自己的車。

江小媚略帶歉意的一笑，「不好意思，金先生，你跟在我們車的後面吧。」

金河谷沒想到這兩個女人那麼不給他面子，心中窩火，卻也表現得很紳士，以略帶遺憾的口吻說道：「哎呀，不能為二位女士做司機，那真太遺憾了。江小姐，那你們在前面開吧，麻煩你們為我引路。」

江小媚一點頭，鑽進了米雪的車裏，金河谷開著自己的法拉利跟在後面，臉色黑的嚇人，他很不滿意米雪對他的態度，心想不就是個主持人嘛，也算是半個娛樂圈的人，還不知道被多少台裏的領導和大腕潛規則過，竟還在他面前裝清純，終有一天他要撕去她所有的偽裝，讓她在自己的胯下承歡乞饒。

第三章 故意所為

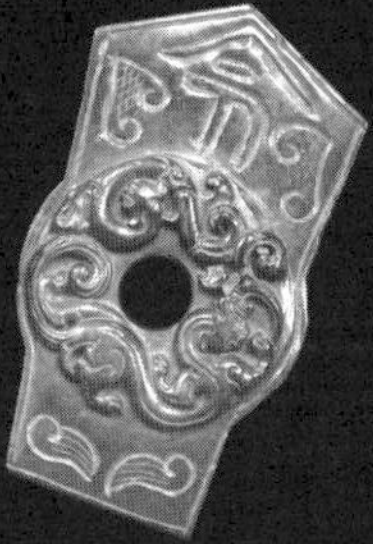

林東看到了金河谷身後的米雪，
終於明白米雪才是他的目標，想要提醒她，卻已晚了。
金河谷在接近米雪的那一剎那，忽然轉身，撞到了米雪，
酒杯裏的紅酒濺了出來，潑到了米雪白色的長裙上，
不偏不倚，竟然潑到了她的胸口處。
金河谷欲要趁機揩油，從口袋裏掏出紙巾，嘴裏念叨個不停，
「對不起、對不起……我不是故意的。」

食為天今天停止對外開放，集中所有人員迎接這次公司的慶典。

林東作為董事長，此刻正在宴會廳內不停的走動，他不想怠慢了任何一位，所以只能一一過去打招呼。

江小媚在金河谷的前面進了宴會廳，走到林東身旁，壓低聲音在他耳邊道：「林總，金河谷來了。」

林東沒想到金河谷今天會過來，他有一點很肯定，那就是金河谷顯然不是來向他表示祝賀的，這傢伙剛剛從他手裏搶走了國際教育園的那塊地，氣焰正囂張，今天來參加公司的更名典禮，目的肯定是為了奚落他。

江小媚道：「金河谷竟然在今天這種場合送來了一籃子白菊花。」

林東臉色一冷，心想金河谷竟然要這樣觸他的楣頭，當真可惡！

「小媚，你去招呼客人吧，金河谷我來應付。」林東沉聲道。

金河谷進了宴會廳之後，宴會廳裏有幾百人，人頭攢動，他好不容易才在人群中找到了林東，慢慢的朝林東的方向走過來，裝出並不是刻意來找他的模樣。

而此時，米雪也剛發現了林東，和金河谷一樣，也刻意隱藏自己主動來找林東的目的，不走直線，迂迴而來。

左永貴和張振東端著酒杯走了過來，他們都是林東的老朋友了，上午林東要應付很多人，分身無暇，作為老朋友自然不會在那個時候去打擾他，此時見林東空了下來，才走了過來。

「老弟。」

左永貴叫了一聲，一把摟住了林東。

「咱們有好一陣子沒一起聚聚了，老弟你現在生意做大了，又是投資公司又是地產公司，忙的都沒時間跟咱們老朋友聚聚嘍。」

林東笑道：「左老闆，擇日不如撞日。正好今天大家都在，今天晚上我做東，大家好好聚聚，怎樣？」

左永貴笑道：「恐怕不行啊，你忙咱們也忙啊，如果不是你的公司更名，我們兩個還不會推掉事情過來。」

林東沒見到陳美玉，笑問道：「陳總可有來了？」

張振東也來了，他現在已經升任支行副行長了。這還多虧了林東幫他找關係，聽林東問起陳美玉，哈哈笑道：「左老闆，你瞧瞧林老弟。對我們這些老爺們不感興趣，一開口就問陳總。」

左永貴聽他提起陳美玉，神色黯淡，歎道：「老弟啊，以後關於她的事情你就不要問我了，我也不知道啊。」

林東見左永貴神色有異，低聲問道：「左老闆，看來是有什麼事情我不知道啊，發生什麼事情了？」

陳美玉之前一直是跟著左永貴混的，甚至一度還是左永貴的情婦。這個女人的確很有能力，幫左永貴打理手上的娛樂場所，將他手上的夜總會、酒吧打理的井井有條，幫著左永貴賺了不少錢。

左永貴發現了陳美玉的能耐之後，索性做個甩手掌櫃，一天到晚只想著如何吃喝玩樂，反正每個月陳美玉都能幫他賺來大筆進項。

而陳美玉雖是個女人，依附於男人並不是她的最終目的，只是她的手段而已。她在幫助左永貴打理手上娛樂場所的時候，暗暗的發展自己的人脈和關係，人長得漂亮，能力又強，就連許多左永貴搞不定的關係，她都能搞定。

陳美玉在暗中積蓄實力，對此左永貴一無所知。她豈是甘於久居人下的女人，尤其是左永貴這種她壓根瞧不起的男人。所以當她羽翼豐滿，不再需要左永貴的時候，就將其一腳踹開。

她這一走，不光是走了她一個人，還帶走了左永貴旗下娛樂場所的精英。左永貴迫不得已重新打理起生意，至此才發現手上的全都是爛攤子，他有心無力，根本無法挽救頽勢，眼看著生意一壞再壞，卻只能唉聲歎氣。

張振東是左永貴多年的老朋友，見他欲言又止，就開口說道：「老左，林老弟不是旁人，說說又何妨。」

左永貴點點頭，開口道：「陳美玉不在我手下幹了，我手下的精英全部都被她帶走了，給我留下了個爛攤子。」

這讓林東想起了陳美玉帶他去看過的郊外那塊地，陳美玉當時是說要搞夜總會，還拉著林東投錢，而他也已投了一千萬，他一直以為陳美玉是在左永貴的授意之下做事的，至此他才清楚那是陳美玉自己在搞。

林東心裏猶豫著要不要把這事說出來，心想如果自己刻意隱瞞，到時候左永貴查出來，恐怕有點對不起老朋友，一狠心，下定決心打算說出來，說道：「左老闆，兄弟聽了這話，覺得有件事對不起你。」

左永貴抬頭看著他，問道：「啥事？」

林東將陳美玉找他投資夜總會的事情說了出來，左永貴沉默不語。

「你和陳總都算是我的朋友，你們之間的事情我只能表示遺憾，希望不要影響我們之間的感情。」

張振東道：「老左，林老弟的話有道理。一是一二是二，不要混為一談了。」

左永貴道：「我又沒有責備林老弟的意思，只是想提醒林老弟一句，這個女人不簡單，要謹慎相處。」

林東道：「左老闆，我會注意的，如果你需要什麼幫助，儘管跟我開口，我會全力幫你的。」

左永貴道：「林老弟，其實我很清楚自己的能力，比那個女人實在差遠了，不過這些年那個女人也為我賺了很多錢，那些錢夠我幾輩子都花不完了，我也沒理由怪她。眼下我的酒吧和夜總會的生意一落千丈，我也無心經營，你幫我留心，看看有沒有想接手的，我打算轉手了，拿著錢過幾年不煩心的日子。」

林東腦筋一轉，說道：「左老闆，說句不中聽的話，你要轉手可以找陳總談談，我想她應該不會給你太低的價格，或者讓她入股，還把生意交給她打理，你每年就等著分紅利就行。」

左永貴不是個大氣量的人，陳美玉辭職之後，他甚至動過買凶幹掉她的念頭，不過他終究還是不敢殺人，看到生意一天比一天差，他對陳美玉的恨就一天比一天多，從來還沒想過把公司賣給這個他恨之入骨的女人，也沒想過讓這個女人入股。

聽了林東的話，左永貴覺得自己被仇恨蒙蔽了眼睛，失去了應有的智慧，仇人並非是不可以合作的，他們做生意的人，沒有仇人這一說，只有利益，這玩意兒才是永恆的。有利則合，無利則分，很正常。

林東心想陳美玉自然也是樂意接手左永貴手裏的生意的，說道：「左老闆，我是你們兩個共同的朋友，如果你不方便開口，我可以幫你和陳總談談。」

張振東心裏佩服林東分析事情的能力，心想難怪短短時間這小子就能從一個小小的業務員變成了上市公司的董事長，絕對是個厲害的角色，「老左，林老弟說的有理，你還是聽聽吧。」

左永貴道：「林老弟，那這事就拜託你了。」

這事情如果辦成了，左永貴和陳美玉兩方都欠林東人情，他自然是樂意做的。「好，我儘快抽時間聯繫一下陳總，由我來牽線搭橋，盡力促成此事。」

張振東道：「林老弟，我得走了，下午還得陪一把手去外地開個會。」

左永貴和張振東一起來的，張振東要走，他自然也要走，於是也向林東辭行。

林東道：「二位有事我就不留了，走，我送二位出去。」

左永貴攔住了林東，「今天你是主人，那麼多客人在這裏，你不能走開，咱們兄弟不講究這些，留步，千萬別送。」

目送二人出了宴會廳，林東一轉身，就瞧見了笑臉盈盈正朝他走來的金河谷，金河谷的那張臉稱得上英俊，不過看在他的眼裏，卻是說不出的討厭。

「林總，恭喜恭喜，希望公司改名之後能蓋幾棟好樓。」

金河谷一臉的得意，說出來的話不陰不陽。

林東面帶微笑，「金大少，你這是在恭喜我嗎？聽著有股子怪味啊。」

金河谷道：「哎呀，今早起來晚了，沒趕上典禮，若是讓你看到我送的花籃，我想你肯定就會明白我的恭喜是否真誠了。不過沒關係，那花我放在禮堂裏了，你回去還可以看到。」

「金大少破費了，改日你有個什麼店面開張的，投桃報李，林東也會精心為你準備一份厚禮的。」林東笑道。

金河谷道：「巧了，再過兩個月國際教育園那兒我的一塊地要動工，屆時歡迎林總蒞臨，我想林總到時候一定會有很多感慨的。」

「金大少眼力可以啊，挑了那麼一塊風水寶地，看來上次的熱茶也沒能把你的眼睛燙傷嘛，厲害厲害。」林東反唇相譏。

提起上次在洗車店休息室的事情金河谷就覺得來氣，他竟然被一個打工妹修理了一頓，更可惡的是到現在還找不到那個打工妹報仇，他的臉色陰沉了下來，冷冷道：「我不過是被一壺涼茶潑了一下，不過卻能拿到國際教育園的那塊地，失輕得重啊！」

林東笑道：「金大少，你不敢堂堂正正與我交鋒，趁我不在，趁機奪了地，這算什麼本事？我聽說你們金家對地產業很有興趣，咱們交手的機會還很多。路還很長，指不定誰比誰輝煌！」

金河谷冷冷一笑，「行，走著瞧。」

目光對視，林東看到了金河谷雙目之中迸射出的冷光，如利箭一般射來。金河谷真的很想跟林東硬碰硬的幹一仗，不過暫時他們金家有一件大事要做，他不能分心，只要做成了那件大事，讓他們金家得到了那件寶物，別說姓林的，放眼天下，他也沒什麼人可放在眼裏的了。

米雪的出現讓整個宴會廳沸騰起來，此次來的大多都是蘇城和溪州市的人物，這些人都是非常熟悉這個美麗的知名主持人的，見她出現，便如蒼蠅般湧了過來，有的要求和她喝一杯，有的要求和她合影留念。

米雪是公眾人物，況且宴會廳中還有許多媒體的記者，她必須保持耐性，只要過來找她的人要求不過分，她都不會拒絕。想要近距離目睹這個知名主持人芳容的人實在太多，米雪脫身無暇，還不容易才擺脫了那些人，終於快走到了林東近前。

金河谷目光一瞥，看到了米雪正朝這邊走來，想起這女人先前對他冷淡的態度，心知多半不是來找他的，而是來找林東的，微微一笑，心裏生出了一個齷齪的想法。

他端著酒杯，倒退著往米雪的方向去了，林東發現了他的異常，宴會廳裏人來人往，這傢伙竟然倒著往後走，難道不怕撞到人嗎？

林東看到了金河谷身後的米雪，終於明白米雪才是他的目標，想要提醒她，卻已晚了。

金河谷在接近米雪的那一剎那，忽然轉身，撞到了米雪，酒杯裏的紅酒濺了出來，潑到了米雪白色的長裙上，不偏不倚，竟然潑到了她的胸口處。

金河谷欲要趁機揩油，從口袋裏掏出紙巾，嘴裏念叨個不停，「對不起、對不起……我不是故意的。」

他伸手就要去擦米雪白裙上的酒漬，而那酒漬就在米雪的胸口處，是女孩家不可侵犯的地帶。

「你幹什麼？」

米雪驚聲喝止，慌忙往後退了一步，讓金河谷的計畫落了空。

金河谷揚起了手上的紙巾，臉色帶著愧疚之色。

「米雪，對不起。是我弄髒了你的裙子，我想替你擦乾淨，如果有冒犯的地方，還請不要生氣，對不起。」

米雪雙臂護在胸前，驚魂未定，這個姓金的男人剛才分明就是故意撞過來的。如果不是自己一顆心全在林東身上，根本沒發現有人朝她走來，不然的話，也不會讓金河谷有機可乘。

隨著米雪剛才的驚呼，林東快步走了過來，許多離得近的賓客聽到了聲音，也紛紛朝這邊看來。

「米雪，我不是壞人，我是金氏玉石行的總經理金河谷，這是我的名片。」

金河谷從懷裏掏出一張名片，遞了過去。米雪壓根看都沒看一眼，更別說伸手去接了。金家大少的名頭一直以來都是金河谷威力最強的武器，尤其是對付女人，可以這麼說，在整個江省，稍微有點常識的人都知道金家這一個強大的家族。一般的女人，只要知道了他這個身分，倒貼上來主動獻身的比比皆是。

金河谷心想米雪不過是個地方電視台的主持人，稍微有點名氣而已，只要他表示出對她有興趣，以金家雄厚的財力，他不相信米雪不動心。

金河谷故意去撞米雪，還把紅酒潑到她的裙子上，一來是想借機揩油，二來是想找個由頭，好有理由繼續往下接觸米雪。

金河谷眼巴巴的看著米雪，希望她能把他的名片接過去，可米雪卻視他如虎狼一般，避之唯恐不及。

這時，江小媚過來替金河谷解了圍。她伸手把金河谷的名片接了下來，笑道：「金先生，小雪有點受驚，不知所措，你別介意。」

金河谷多少有點感激江小媚，若不是這個女人替他解圍，眾目睽睽之下，他的臉可就丟大了，笑道：「是我不長眼，撞到了米雪，還把紅酒濺了她一身，都怪我。改日我一定登門致歉。」

林東悄無聲息的走到米雪身旁，脫下外套，披在了米雪的身上，也不管對面的金河谷朝他投來的目光有多麼惡毒，在米雪身旁輕聲道：「米雪，不好意思，受驚了，衣服髒了，我看還是送你回去吧？」

也不知是為何，米雪感覺身旁站著的這個男人讓她十分的有安全感，好似只要有他在身邊，外面的風風雨雨都有他為她承擔。她的目光變得柔和而溫暖，看著林東棱角分明的側臉，心中一片溫暖，恨不得立馬依偎在他的懷裏，想到這個，不禁霞飛雙頰，紅暈一片。

江小媚觀察入微，發現了閨蜜的異常，心中一笑，這丫頭看來是春心蕩漾了。她倒是非常願意米雪能和她的老闆湊成一對，她早已知道老闆有女朋友，聽說背景還很深厚，不過事在人為，她就不信以米雪的美麗和氣質，還有什麼男人是她拿不下來的。

「林總，送米雪回去吧。」江小媚在林東耳邊低聲道。

林東在等待米雪的回覆，終於看到米雪點了點頭。

金河谷腆著臉笑道：「林總，是我把米大主持人的衣服弄髒的，要送也該是我送吧？」

林東微微一笑，「金大少，我倒是無所謂，這你得問問米雪。」

金河谷滿含期待的看向米雪，而米雪卻是搖了搖頭。

金河谷今天畢竟算是客人，林東也不想落井下石趁機奚落他，什麼也沒說，帶著米雪朝門口走去。

出了宴會廳，吵鬧的人聲漸漸不可聞。

米雪瞧見林東上身只穿了一件薄薄的白色襯衫，問道：「林總，你冷嗎？」

林東是確實有些冷，這才剛過完年沒多久，雖說已經進了春天，不過外面的樹都還未發芽，全國許多地方還仍在下雪，他只穿了一件襯衫，當然是無法抵禦寒氣的，但米雪胸前的酒漬染了開來，整個胸前都是紅紅的，看上去很不雅觀，好在有他的衣服遮住。

「我不冷，米雪，咱們走吧。」

到了外面停車的地方，米雪的助手在車裏休息，見到她被一個男人扶了過來。忙打開車門走了過來，問道：「小雪，這是怎麼了？」

林東道：「裏面一個賓客不小心把紅酒濺到了米雪的身上。」

米雪在車旁停了下來，她雖然心裏很想林東能送她回家，但為了表示自己識大體顧大局，便說道：「林總，外面還有許多賓客等著你去招待，我的助手會開車送回我家的，你還是回去吧。」

林東點點頭。笑道：「米雪，今天你的主持十分精彩，感謝你給了金鼎建設一個不一樣的更名典禮，多謝。」

米雪感受得到林東的感謝是真誠的，迎著陽光，微微一笑，林東在那一瞬間竟有些癡了，所謂一笑百媚生，難道就是剛才的笑容嗎？他有些懷疑，但大多數還是肯定！

「你的衣服我就先披著了，有時間我送還給你。」米雪道。

林東點點頭，看著米雪上車離去，轉身回了酒店。

米雪坐在車的後座上，鼻子裏似乎聞得到一陣陣淡淡的男人味，她輕輕撫摸著身上的這件黑色西服，心想若是穿在那個男人身上，那該會是怎樣的一種感覺呢？

一定很美妙吧。

助手開車到了米雪家的樓下，說道：「小雪，到家了。」

米雪仍在出神，坐在車裏一動不動。

助手見她遲遲沒有下車，回頭看去，發現她面帶微笑，正在獨自出神。伸手在她眼前晃了晃，大聲道：「小雪，到家啦。」

米雪這才回過神來，「哦，到了啊，好快。」

助手嘀咕了一句，「小雪，你今天是怎麼了？不大對勁哦。」

米雪嗔道：「別瞎說，我正常著呢。」

助手嘿嘿笑了笑，沒多說什麼，她每天與米雪在一塊，沒有人比她更瞭解米雪了，米雪今天反不反常，她自然一眼就能看出來。

林東走到宴會廳門口，看到黑著臉往外走的金河谷。

「金大少，這是要走了嗎？」

金河谷怒目瞪著林東，壓低聲音道：「姓林的，你壞了我和蕭蓉蓉的好事，現在又來壞我和米雪的好事，怎麼哪兒都有你，你到底想幹什麼？」

林東道：「金大少，你可別誣衊我！你對蕭蓉蓉用了什麼齷齪的手法不用我多說，你心裏清楚得很。還有，今天你為什麼會撞到米雪，心裏打的是什麼主意我也知道。你這人要錢有錢，要模樣有模樣，可就是有一點，目的性太強，就算是披上了羊皮，但還是一眼就被人認出是狼，好女孩豈有不躲著你的道理。」

「哼，哪個女人不愛財？我金河谷捨得花錢，貼上來的女人不計其數。一個個跟我裝清純，老子鈔票甩出去，還不是乖乖的脫褲子！」金河谷面目猙獰，放肆的大笑。

林東搖了搖頭，邁步進了宴會廳，他不想跟這種瘋狂的人多說話。

金河谷憋了一肚子火氣，急需找幾個女人發洩，出了酒店就開車往他在溪州市的房子去了，打了幾個電話，都是打給金氏玉石行在溪州市分店的幾個女領班的，這幾人都上過他的床，只要給錢，什麼都肯幹，什麼都敢玩。

周雲平見老闆的外套不見了，剛才他在應付賓客，不知道老闆那邊發生了什麼事情，一問之下，才知道老闆的衣服是被那個美麗的女主持人穿走了。他溜到辦公室，從休息室裏給林東又找了一件外套過來。

「老闆，衣服。」

林東瞧見周雲平手上的衣服，微微一笑，這個秘書雖是個大男人，但心細之處不比女人差。

下午兩點左右，賓客開始陸陸續續過來告辭，林東和董事會的那幫人站在門口，開始送他們走。一直忙到下午三點多，才算是將所有賓客都送走了。董事會裏幾個年紀較大的腰都快站斷了，人一走光，就一屁股坐在了沙發上，直喊腰疼。

林東和宗澤厚、畢子凱三人聚在一起，三人交流了一下今天的情況，典禮的轟動效果要遠遠超出他們的預料。趁此機會，林東在發言的時候當著各路媒體記者的面，說出了要對沒能如期拿到房的業主進行賠償，開創了業內的先例，這絕對會成為新聞的熱點，對於重塑公司品牌形象將會有很大的好處。

「我沒想到能請到米雪來做主持，她本身就是個焦點嘛，咱們這次的更名典禮想不轟動都難哦。」畢子凱笑道。

林東道：「前幾天我不在公司，更名的事情都是由公關部籌備的。米雪的出現我也感到很意外，不過她分文沒收，咱們公司欠她一個大人情啊。」

宗澤厚呵呵笑道：「這人情是你欠下的，本來嘛，這事就該是你來負責，不管她是不是林董你請來的。」

林東哈哈一笑。

應付完賓客之後，董事會所有成員都喝了不少酒，林東喝的最多。回到辦公室，在休息室裏睡了一會兒覺，一睜眼，已是晚上了。

周雲平在休息室床頭的櫃子上放了一杯涼開水，他記得林東的習慣，喝了太多酒之後，肯定要喝涼開水。

林東口乾舌燥，拿起了水杯，一口氣全喝了下去，這才感覺好多了。拉開窗戶，站在窗前吹了一會兒冷風，感覺酒氣都已散了，這才走出了休息室。周雲平還在外面的辦公室裏坐著，已經過了下班的時間了，今天中午他也喝了不少酒，不過他沒有林東的好酒量，回到辦公室之後不久就趴在桌子上睡著了。

他剛剛醒來不久，頭痛欲裂，正在手握拳捶打腦袋，見林東從裏面走了出來，連忙停止了手上的動作。

「喝多了難受？」林東笑問道。

周雲平點點頭，「老闆，你喝的比我多多了，我記得去年年會，那次你可把全公司的人都嚇著了，你是不是有什麼秘訣？」

林東心想若是自己沒有玉片，酒量連個普通人都不如，當然這事不能告訴任何人，笑道：「小周，多喝酒量自然就上來了，一頓接一頓的喝，醉著醉著就清醒了。」

周雲平愕然，如果酒量非得這樣才能練出來的話，估計他的酒量這輩子都不會有多大的長進了。

林東見周雲平一副喝多了酒難受的模樣，說道：「小周，你現在就回去吧，已經過了下班時間了，回去好好休息。」

周雲平是做秘書的，老闆不走他豈敢走，即便是過了下班時間，此刻林東發話讓他回去，如蒙大赦似的，夾起皮包就溜了。

有幾天沒見到高倩了，林東掏出手機給她打了個電話，問問她有沒有在溪州市，過了一會兒電話才接通。

電話裏，高倩笑問道：「老公，你從徽縣回來啦？」

林東道：「是啊，昨晚是應酬完了已經夜裏了，所以就沒聯繫你，今天地產公司更名，忙了一天，到現在才空出時間來，倩，你在溪州市嗎？」

高倩道：「嗚嗚，真是不巧，我昨天來京都了。」

「啊，你去京都幹嗎？」林東問道。

高倩道：「為了工作的事情唄，公司現在的團隊太差，我想重組一個全新的團隊，所以到京都這邊來物色一批人手。」

林東道：「那好吧，看來今天晚上不能和你滾床單了。倩，出門在外凡事要注意，我把我結拜大哥陸虎成的電話給你，在那邊有什麼事情打電話給他，提我就行，他會盡力替你擺平。」

高倩笑道：「你放心吧，我是來工作的，能有什麼事情。」

掛了電話，林東把陸虎成的手機號碼發給了高倩，心想高倩不在溪州市，他只能去找柳枝兒了。

他離開辦公室的時候想到了楊玲，想起上次楊玲因為很久沒去看她而生氣，心想應該先去看看她，不在她家過夜就行，於是便開車先去了楊玲家裏。在車上的時候給楊玲打了個電話，楊玲是營業部的老總，平時的應酬也不少。他得確定她在家，否則過去撲了一場空就不好了。

楊玲正好今天晚上沒有應酬，在家熬了小米粥，正準備吃飯，接到電話之後知道林東要來，立馬又下廚炒了兩三個小菜。菜還沒炒好，林東就到了。林東剛一進門。楊玲就撲進了他的懷裏，一股猛烈的女人香鑽進了林東的鼻子裏。好些日子沒碰女人了，慾火很容易就被點燃。

「玲姐……」

林東的目光火辣辣的，楊玲美麗的眸子裏也跳躍著熱情的火焰。二人彷似磁鐵的兩極，彼此吸引；又如兩團烈火，誰也不服誰，都想要將對方吞噬。

室內的氣溫彷彿一下子升高了很多，就連空氣都是火熱的，流動著一股躁動不安的氣氛。

楊玲心知接下來要發生什麼，閉上了眼睛，像她這個年紀的女人，對男人的渴望正是一生當中最強烈的時候。與前夫在一起生活的十幾年，平淡的如白開水一般，她從未品嘗過做女人的美妙滋味，自從與林東發生了第一次之後，她就知道自己再也離不開這個男人了，那種蝕骨的滋味，竟那麼令人沉迷，令她永生難忘，一次又一次的想要再次嘗試。

火熱的雙唇碰到了一起，楊玲感覺自己就快被融化了，嬌軀急劇升溫，開始有點飄飄然的感覺。男人就像是進了一座寶山似的，瘋狂的在她身上攫取發掘，以至於她身上的每一個興奮點都為他所熟悉。很快，她就難以自抑的哼哼起來，聲音由弱變強，卻不知為何，明明是那麼的舒服，而表情和聲音卻是那麼的奇怪，好像是正在承受莫大的痛苦似的。

激情過後，楊玲躺在沙發上，閉著眼睛，身體不時的抽搐一下。

林東抽了抽鼻子，晃了晃她，「玲姐，什麼味道，好像是什麼東西糊了。」

「啊呀，我忘了關火了，菜還在鍋裏！」

楊玲忽然睜開眼睛，從沙發上跳了起來，就要往廚房跑去，發現自己一絲不掛，馬上拿起衣服遮住了關鍵部位。

林東哈哈一笑，「玲姐，你穿衣服吧，我去廚房看看。」

楊玲嗔怨的看了他一眼，「這還不都怪你，一進來就把人家按在沙發上，跟八百年沒見過女人似的。」

林東俏皮的回了一句，「如果真的能活八百年而不死，我倒是願意八百年不見女人。」

進了廚房，炒鍋裏正冒著黑煙，裏面的菜早就看不出來是什麼菜了，焦黑一片。

林東熄了火，把鍋裏燒焦了的菜倒掉，在鍋裏放了水。

楊玲穿好了衣服，走到他身後，「親愛的，怎麼辦，家裏就剩這點菜了。」

林東指著電飯煲道：「你不是還熬了粥的嘛，就喝點粥唄，我中午喝了不少酒，晚上喝點粥最好了。」

楊玲點點頭，「今天你公司更名，我是知道的，本來我也打算去的，不過一想還是算了，免得讓人猜測咱倆是什麼關係。」

林東笑道：「玲姐，你太緊張了，其實你這擔心是多餘的，今天來了那麼多人，也有不少女性朋友。」

楊玲歎道：「不做虧心事，不怕鬼敲門。唉，看來我真的是心中有愧，咱們的關係始終見不得光。」

林東把楊玲摟在懷裏，柔聲道：「對不起玲姐，我什麼都可以給你，就是給不了你名分。」

楊玲道：「我也從來沒想過要名分，我覺得咱們現在的關係很好，始終可以保持感情的新鮮，不像結了婚的人，朝夕相對，馬上就會審美疲勞的。只不過有時候午夜夢迴，發現孤枕一人，會稍稍有點難過。」

林東不願深入討論這個話題，岔開話題道：「吃飯吧，咱們就喝點小米粥，養胃。」

林東好不容易來一次，楊玲也不願意讓自己消極的情緒影響到他，想想能和心愛的男人一起吃晚飯，是多麼幸福的事情，馬上情緒就好多了，笑道：「你今天來的巧了，我從菜場裏買了新鮮的豆漿回來，熬出來的小米粥可香了。」

林東揭開鍋蓋，熱氣蒸騰，豆漿的香氣與米香混在一起，吃膩了葷腥，這種食物對他來說是最有誘惑力的了。

二人在餐桌上邊吃邊聊，彼此都很珍惜這寶貴的時間。

吃過了晚飯，林東和楊玲一起進了廚房，洗碗刷鍋，就像是一對夫妻一樣。

「東，你晚上是不是還有事？」楊玲忽然問道。

林東問道：「玲姐，真是什麼都瞞不過你的眼睛，你怎麼看出來的？」

楊玲微微一笑，「隔一會兒就看一次手錶，著急著走是不是？」

林東道：「玲姐，我今晚不能在你這兒過夜了，還有些事情要處理。」

楊玲道：「恐怕是還有別的女人要應付吧。」

林東點頭承認了，「枝兒剛來大城市，這幾天我都不在，對她我是最不放心的了，所以我必須去看看她的情況。」

楊玲聽林東講過與柳枝兒的事情，說道：「東，你不用考慮我的感受，你能先到我這兒來我已經很感動了，柳枝兒是比我更需要你的照顧，想過去就趁早過去吧，我不會吃醋的。」

林東在楊玲的額頭上親了一下，「玲姐，那我走了。」

楊玲擦乾了手，笑道：「我送你到門口。」

她心裏雖有千萬不捨，但畢竟不是二十來歲的小女生了，知道若想讓這段關係維持的長久，就千萬不能給林東煩惱，要讓自己成為傾訴煩惱的港灣，所以縱然不捨得他走，還是大大方方的將林東送到了門外。

看著楊玲站在門口不捨的眼神，林東心裏很不是滋味。他並非金河谷那種人，不會與沒有感情的人發生關係，偏偏法律不允許一夫多妻，而這些個女人卻都是他所愛的，若要讓他割捨，真的很難做到。

「啊——我要是個古人該有多好！」

林東恨不得仰天長歎。

第四章 魔瞳

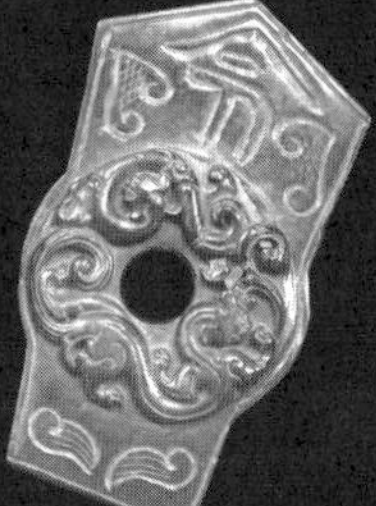

傅老爺子還記得當日的對話，

當他說出這件事之後，對面的崑崙奴沉默了許久。

「御令有一種能力，可助人修煉靈瞳，這是當年呂爺賦予御令的能力。

呂氏家族世代經營珠玉生意，對玉石古玩最是瞭解，

呂爺當年辨認玉石古玩的能力也是天下第一。

不過你說林東已經有了辨別玉石的能力，這簡直不可思議，我只怕他也誤練了魔瞳啊！」

從楊玲家裏出來，在去柳枝兒家的路上，他想到去徽縣的那天，柳枝兒在電話裏說在三國城裏找到了一份工作，心想那不是拍戲的地方嗎，怎麼找工作找到那裏去了？

到了春江花園，林東沒有提前告訴柳枝兒今晚會來，打算給她一個驚喜，哪知到了樓上，卻是柳枝兒給了他一個「驚喜」！柳枝兒不在家！

林東看了看時間，已經過了八點了，早該下班了，柳枝兒還沒回來，他的心裏不禁慌了，趕緊掏出手機給柳枝兒打電話。

電話打了幾遍才接通，電話裏聲音嘈雜，林東問道：「枝兒，你在哪兒呢？」

柳枝兒接到林東的電話，自然是驚喜的了，她基本上不會主動打電話給林東，知道男人在外面忙大事情，所以害怕打擾到他，難掩聲音中的興奮，「東子哥，我還在三國城呢，你從外地回來了嗎？」

林東道：「你上的是什麼班？這都幾點了，怎麼還不放人下班啊？」

柳枝兒道：「我們做劇務的就是這樣，經常有夜戲要拍，我們也沒辦法。不過馬上就完了，完了之後我馬上回去。」

林東道：「這個時間已經沒有公車了，我開車過去接你。」

柳枝兒聽到林東要來，自然心花怒放。

掛了電話，林東搖搖頭，心想難怪枝兒能找到薪水那麼高的工作，原來要經常上夜班。

林東開車直奔遠在郊外的三國城，他記下了出發的時間，等到了三國城的時候，又看了看到達的時間，整整用了一個小時，心想開車都要那麼久，那柳枝兒每天坐公車過來豈不是要花更多的時間，心中不禁為她心疼。

林東沒來過三國城，心想索性就進去看看，反正柳枝兒現在還沒下班。

進了城內，林東頓時有一種摸不著南北的感覺，就像是進了迷宮似的，只能順著腳下的路往前走，不知不覺來到了一個片場周圍。這周圍圍滿了人，有些還是看上去還在念書的高中生，看來是一群狂熱的追星族追星追到了這裏。

林東看了一會兒，覺得沒什麼意思，就往另一邊走去，走到另一條路上，往前看到有燈光，不過那兒的人要少很多，好像已經收工了。燈光下的一個人影林東覺得有些熟悉，加快腳步往前走去，竟是柳枝兒！

這裏的這場戲剛剛結束，演員們都回酒店休息去了，只剩下劇務組的還在忙碌。

柳枝兒正在搬一口沉重的木箱子，腰彎了下來，長髮都垂到了地上，可那口木箱子實在是太重了，她使出了全身力氣，仍是搬不起來。而組裏的其他幾個男同事則在旁邊挑一些輕便的東西搬，沒一個有過來幫忙的意思。

看到心愛的女人正在吃苦受罪，林東喉嚨裏像是堵了什麼東西，哽住了，十分難受，心一酸，眼前就朦朧了起來。

他幾步就走到了柳枝兒面前，可憐的柳枝兒一門心思都在想怎麼把這個重傢伙搬過去，壓根就沒有注意到有人朝她走來。

「枝兒，讓開。我來幫你搬。」

林東澀聲道，彎下了腰，雙手扣住箱子的兩側，一運勁就把沉重的木箱子搬了起來，這口箱子足足有近百斤重。

柳枝兒抬頭看到過來幫她的是林東，驚喜萬分。「東子哥，你怎麼進來了？」

林東從柳枝兒臉上看不出一絲一毫的委屈。在她看來，這根本就是一份非常非常好的工作，一天有一百多塊錢的工資，還有工作餐吃，有的時候還有宵夜，自己一個鄉下來的姑娘，要學歷沒學歷，要技術沒技術，能找到這樣一份工作，已經算是上天的恩賜了。

林東本想勸柳枝兒不要再做了，他實在不願意看到自己的女人為了這麼點錢來受這種苦，但話到嘴邊，卻咽了下去。他認為的苦在柳枝兒看來卻是甜，只要柳枝兒能從這份工作中得到快樂，他有什麼權利剝奪她的快樂呢？

「枝兒，這箱子搬到哪兒？」

柳枝兒笑道：「東子哥，你跟我走。」

她把林東帶到一輛大卡車後面，告訴林東要把這口箱子放進車裏。林東雙臂一發力，將沉重的木箱子放到了卡車上。

此時，周雨桐看到一個陌生人幫柳枝兒搬東西，轉而訓斥手底下的那幾個男生「你們還算老爺們嗎？躲懶一個比一個厲害，幹活一個比一個慫。你們竟然眼睜睜看小柳搬那麼重的箱子都不過去幫忙！你們看看，一個外人都知道見到這種情況要幫忙，我真不知道說你們什麼是好！」

那幾人早已習慣了周雨桐的奚落。一個個左耳聽右耳出，根本沒放在心上，依舊有機會就躲懶。

林東幫助柳枝兒收拾片場中要搬到車上的道具。周雨桐走了過來，略帶責怪的對柳枝兒道：「小柳，你怎麼能讓外人幫你收拾東西呢！」

柳枝兒抬起頭，驕傲的說道：「桐姐，他不是外人，是我男人。」

林東抬起頭看了周雨桐一眼，微微一笑，說了句「你好」算是打過了招呼。

周雨桐微微一愣，她看清楚了林東身上穿的衣服和皮鞋，尤其是手腕上的手錶，價格都非常昂貴，柳枝兒既然有個這麼有錢的男人，為什麼還到這裏來受苦？周雨桐心裏很不解，心想找機會問問柳枝兒。

忙了半個小時，終於將所有道具搬到了卡車裏。

柳枝兒和同事一一打了招呼，這才帶著林東往城外走去。

柳枝兒不像城裏的女人，她不牽著林東的手，也不挽著他的胳膊，就這樣和林東並肩往前走，一路上不停的說著這幾天在片場的見聞，見到了哪些明星，誰誰誰是多麼的漂亮與風光。

「東子哥，你知道嗎，我第一天到這裏就看到了大明星楊小米，她可厲害了，能在天上飛來飛去，比在電視上看到的更漂亮，手裏握著一把長劍，刷刷幾下子就把一個大漢給打倒了。」柳枝兒手上比劃著楊小米當日做過的動作，興奮之情溢於言表：「她光保鏢就有三四個，清一色的黑色風衣，可威風了。」

林東看到柳枝兒一臉嚮往，笑問道：「枝兒，你不會是也想當明星吧？」

柳枝兒點點頭：「當然想了，不過我知道自己想也是白想，不過每天都能看到大明星，這樣我也很開心，很滿足。」

林東笑道：「祝你美夢成真！」

殊不知他隨口的一句祝福，在不久的將來就會在柳枝兒的身上實現。

柳枝兒一路上蹦蹦跳跳，嘴裏說個不停，忙了一天，也不知她哪來的力氣。

很快就出了三國城，二人走到了停在城外的車旁。這時，周雨桐和幾個手下坐在劇務組的卡車上也剛好到了門外，看到了柳枝兒進了一輛豪車，幾個手下震驚不已，都以為看花了眼。

「桐姐，剛才那是柳枝兒嗎？」其中一個問道。

周雨桐瞪了他一眼，罵道：「閉嘴！哪來的那麼多閒心，你管是誰呢！」

林東開車往市區去了，旁邊的柳枝兒睡著了，臉上還掛著笑容，應該正在做一個美夢吧。

到了社區，在樓下停了車，林東輕聲喚道：「枝兒，到家了，醒醒。」

柳枝兒可能是太累了，畢竟是個女人，從早上八點忙到晚上十點，做的全都是體力活，怎麼可能不累。

林東叫了幾聲，柳枝兒都沒回應，歎了口氣，到另一邊的車門，把柳枝兒從車裏抱了出來。

到了家裏，林東把柳枝兒放到了床上，這一下柳枝兒有了感覺，睜開了眼睛，馬上從床上坐了起來。

「哎呀，我怎麼睡著了，東子哥，你還沒吃晚飯吧，我去做飯給你吃。」

林東攔住了她：「枝兒，你太累了，躺下來休息一會兒吧，我去做飯，你想吃什麼？」

柳枝兒還是中午吃的飯，到現在肚子裏早就空了，只想馬上填飽肚子，說道：「東子哥，你就下一鍋麵條吧，容易做，而且很快就能吃到嘴裏。」

林東道：「好，你休息一會兒，麵條好了我叫你起來吃。」

林東進了廚房，柳枝兒也沒繼續睡覺，起床拿著換身的衣服進了浴室，搬了一天的東西，出了不少汗，不洗澡渾身都不舒服。

林東煮好了麵條，柳枝兒也洗好了澡，正從浴室裏走出來。

「枝兒，過來吃飯吧。」

柳枝兒走了過來，也不注意吃相，端起飯碗就吃起了麵條。

林東看她吃的樣子，才知道她真的餓得慌，心疼的說：「枝兒，你慢點吃。」

柳枝兒道：「東子哥，你煮的麵條真的很好吃啊。」

「枝兒，那是你太餓了。如果覺得工作辛苦，你就別做了，我給你找一份輕鬆的。」林東忍不住又說起了工作這事。

柳枝兒直搖頭：「不辛苦，桐姐很照顧我，同事們也很關心我，最重要的是能看到明星們拍戲，我很開心哩。」

「那幾個人看著你搬那麼重的箱子都不過去幫你，這叫關心你嗎？」林東氣憤的說道。

柳枝兒笑道：「他們就是做事懶了些，平時閑下來的時候都很不錯的。」

林東不願意跟她爭論什麼，陪柳枝兒吃了一碗麵條，柳枝兒把飯碗和鍋洗了之後，二人就上了床。

分開多天，柳枝兒如今已不會像剛開始的時候那樣羞澀，鑽進了被窩就把自己脫的光光的，貼上了林東的身體。

二人雲雨過後，柳枝兒不知哪來的精力，又開始跟林東說起片場的見聞，說著說著聲音漸漸變小了，過了一會兒，林東發現她不說話了，再一看，已經睡著了。

第二天一早，柳枝兒很早就起來了，她悄悄的下了床，穿好了衣服，進了廚房開始做早飯。

等林東醒來的時候，柳枝兒已經把早飯做好了。

他一看時間，還不到七點，問道：「枝兒，你起那麼早幹嘛？」

柳枝兒道：「東子哥，早上有場戲，我得早點過去佈置片場。」

「昨晚如果不是我去接你，公車都沒了，你怎麼回來？」林東問道，想讓柳枝兒去學個駕照，然後買輛車給她開。

柳枝兒道：「你放心吧，太晚了我就搭劇組的大卡車回市區，大家都是這麼做的。」

林東道：「枝兒，你不如抽空去考個駕照，等有了駕照，我買輛車給你開，也省得你每天起那麼早趕去片場。」

柳枝兒笑道：「你別說笑了，我這點收入開車？那不是窮顯擺嗎！」

林東一早進了辦公室，就接到了顧小雨打來的電話。顧小雨是向他報喜來的，說是縣裏已經通過了嚴慶楠撥款修路的提議，而從縣城通往大廟子鎮的那段路是重點，縣裏撥了鉅資，據說要拓寬一倍，修成四車道的柏油馬路。

林東心裏清楚顧小雨打這通電話來的目的，估計是嚴慶楠見他回到蘇城之後就沒了動靜，有點著急度假村這個專案了。他在電話裏跟顧小雨很明白的說，不日就會派專業人員到大廟子鎮實地考察，制定施工方案。

金鼎建設這邊有北郊的專案要搞，東郊那塊地抵押貸來的錢只能用於北郊這個專案上。林東心裏粗略估計了一下，度假村那個專案至少需要五個億的資金，這還只是前期建設方面的投入，後期的宣傳和推廣暫且不論。

林東決定自己拿出一半的錢，剩下的那一部分通過融資入股來籌措。金鼎投資公司的客戶大部分都是有錢人，他也無需去另尋客戶，直接在金鼎投資公司現有的大客戶中篩選一些人出來就可以了。

林東把周雲平叫了進來，這傢伙昨天喝多了酒，早上醒來仍是覺得有些頭痛。

「小周，昨晚沒睡好？」林東笑問道。

周雲平笑道：「睡得很好，就是喝酒上頭，頭有點不舒服。」

林東笑道：「小周，我教你一個方法，下次酒喝多了之後最好不要馬上睡覺，做一些劇烈的運動，那樣有促於新陳代謝，能讓體內的酒精更快的排出去。」

周雲平點點頭，問道：「老闆，叫我來有什麼事情嗎？」

提起了正事，林東就收起了笑容，「小周，你幫我組一個小組，我要在我家鄉搞一個度假村，這個小組作為先頭部隊，到我家鄉去進行實地考察。包括那裏的地質、水流和山形地貌，儘快把度假村的選址定下來。也要有懂設計的人，要之前有過度假村設計經驗的。把這些人組成一個小組，待遇從優。有個要求，必須是精兵強將。對了，你在公司裏物色個有領導能力、能吃苦耐勞、有戶外工作經驗的員工出來負責帶隊。」

周雲平運筆如飛，在筆記本上將林東剛才所講的要點全部記了下來，然後抬頭看了看林東。問道：「老闆，還有其他需要補充的嗎？」

林東道：「暫時沒有，你按照我剛才說的去選人吧，對了，把芮朝明和江小媚叫到我辦公室來。」

芮朝明和江小媚是一起進了林東的辦公室。二人一進來，林東就起身請他們坐下。

「哎呀，二位的速度著實讓我吃了一驚啊！」林東開口笑道。

江小媚開了一句玩笑，「不知道林總說的是哪個速度？是咱們接到周秘書的通知到這裏來的速度，還是上次東郊那塊地抵押辦貸款的事情？」

芮朝明也被逗得一樂，笑而不語。

林東道：「不管是哪件事，二位的速度都不慢。老芮，一共貸了多少錢？」

芮朝明笑道：「東郊那塊地的估值在十個億左右。按地價的百分之七十，我們從銀行貸到了七億多。」

「我聽小媚說款子已經放下來了，銀行的辦事效率我是知道的，這次怎麼那麼快？」林東問道。

芮朝明朝江小媚笑了笑，「林總，這你就得問小江了。」

林東朝江小媚看去，等待她的回答。

江小媚笑道：「我和芮部長商量的時候就決定不在五大行貸款，那是五個大老爺，財大氣粗，凡事都得求著他，手續冗亂複雜，所以我們就打算在地方性小銀行貸款，正好我在這方面有不少關係，所以省去了不少不必要的流程。」

芮朝明不攬功，說道：「這次辦貸款全虧了小江，老芮我基本上沒出力，如果不是小江打通各路關係，貸款不知道什麼時候能辦下來呢。」

有了這七個億的資金，金鼎建設就算是活過來了，就如一輛加滿了油的跑車，就等找準了方向就衝出去。

江小媚笑道：「芮部長，你千萬別那麼說，當初拿地抵押貸款的想法是你提出來的，如果沒有你的想法，我就是有勁也沒處使。」

芮朝明笑道：「呵呵，我也是突發奇想，受小林的啟發。」

江小媚聽他提起了林菲菲，臉上閃過一絲不自然的表情。

林東笑道：「春天的腳步近了，有了這筆貸款，咱們不僅能夠把北郊的專案完工，還能夠在別的專案上有所發展。二位，林東在此謝過了。」

二人異口同聲道：「林總，這是我們的工作，應當做的。」

江小媚和芮朝明走後不久，工程部的任高凱就主動來找林東。

「老任，你不來我正要找你呢，快請坐。」林東見他進來，笑道。

任高凱道：「林總，你找我有什麼吩咐嗎？」

林東笑道：「還是你先說說來找我的目的吧。」

任高凱的工程部已經閑著沒事幹很久了，他見最近財務部的芮朝明和公關部的江小媚都在四處活動，心想得趁早在新老闆面前表現表現，聽說貸款已經放下來了，估計北郊的工程馬上就要開工了，於是就跑過來找林東，主動來問問開工的事情，以顯示自己的積極性。

「林總，開春了，北郊的樓盤該開工了吧？業主們等得心焦，我作為工程部的主管，看在眼裏也著急啊。」

林東道：「老任，這次咱倆倒是想到一塊去了，我也正想找你聊動工的事情呢。貸款已經批下來了，錢已經到了公司的賬上，你和老芮接觸一下。讓他把錢撥給你，你們工程部抓緊動工。」

任高凱心中狂喜，一旦開工，那他就有油水可賺了，為表現自己工作的積極性，起身道：「林總，那我現在就找老芮去。」

林東把他叫住。「老任，你先別急著走。北郊專案的裝修你不要外包出去了，我定好了人了。」

北郊的樓盤賣的都是精裝修的房子，本來這個事情是任高凱負責的，幾千套住房，任他包給誰，哪個承保的老闆也得給他幾十萬的回扣，一聽老闆說已經定好了人，心一冷，一筆大錢沒了。

「好，那我就不對外承保了。林總，你得讓那些人快點到位，雖然人是你定的，但是我還得按照規矩來，先讓他們裝修一戶看看，如果品質達不到要求，那麼我就只能按照公司規定辦事，辭退他們。林總，還請您理解支持。」

林東笑道：「我正是要你這樣做呢！北郊的樓盤是溪州市老百姓嘴裏時常念叨的爛尾樓，人們形容北郊樓盤是垃圾樓盤，我正是要把這個垃圾樓盤做成精品樓盤，所以小到細枝末節都不能馬虎，必須處處都要稱得上精品！老任，你身上的擔子不輕，畢竟是由你的部門來施工的，我們所有的想法都要通過你們工程部來實現。你的部門是成敗的關鍵啊！咱們公司在老百姓心目中的形象能不能改善，成敗在此一舉。」

任高凱聽了林東這一番話，頓時覺得自己成了關鍵先生，忽然有種使命感似的東西在他心裏生成，這是跟著汪海那麼多年都沒有過的。

「媽呀，我被這個年輕人感染了！」任高凱心想。

從林東的辦公室裏出來，任高凱仍是有點熱血沸騰的感覺，連走路都是抬頭挺胸大跨步。走到電梯前，電梯門開了，林菲菲從裏面走了出來，見他這副模樣，笑問道：「老任，你沒事吧？怎麼跟打了雞血似的？」

任高凱哈哈一笑，「沒事沒事，打點雞血好啊，顯得年輕有幹勁！」

林菲菲不理他，逕自朝林東的辦公室走去，見周雲平不在外面的那間辦公室，也就不需要請誰通報了，敲了敲裏間辦公室的門。

「請進！」

林菲菲推門而入，臉蛋紅撲撲的，看上去一臉的興奮。

「菲菲，看你這臉色像是有喜事啊？不會是送喜帖給我的吧？」林東開玩笑的說道。

林菲菲聽了這話，臉更紅了，她今年已經二十八歲了，可仍是個單身女性，這輩子連男人是什麼滋味都沒嘗過，低聲道：「林總，我是來跟你談工作的。」

林東哈哈一笑，「談工作也不需要非得多麼嚴肅嘛，菲菲，你別站著，快坐下吧。」

林菲菲在他對面坐了下來，說起正事，她就立馬恢復成平時知性女強人的模樣，「林總，今天各大媒體爭相報導了咱們公司將對北郊樓盤未能如期拿到房子的業主進行賠償的事情，反響十分強烈。今天早上，我們銷售部辦公室的電話就響個不停，都是業主打來詢問此事是否為真的。我自己親自接了幾個電話，從業主的聲音中不難聽出他們都很興奮，但有一點，不少業主是抱著懷疑的態度的。」

林東問道：「菲菲，你除了從業主的聲音中聽出興奮之外，還有沒有其他的收獲？」

林菲菲低眉一想，說道：「有。我最大的感覺就是雖然我們前期因為未能如期將房子交付給業主而得罪了很多業主，造成樓盤的口碑很差，但是當他們聽說我們要對此進行賠償之後，沒有一個再追究前事，反而有種很感激我們的感覺。」

林東歎道：「老百姓是善良的啊，給一點好處就感恩戴德，看來賠償損失的這個做法將會對重塑公司品牌形象產生很大的積極影響啊。」

林菲菲道：「我還記得當初決定要這麼做，開創業內先河，目的就在於重塑公司品牌形象。這樣做看上去公司會賠很多錢，但從長遠看，客戶就是市場，有了客戶的信賴就不怕沒有市場，絕對是有先見之明的一個好做法！」

「客戶就是市場，說的好啊！沒了客戶的信任，咱們以後做的再好也很難挽回，我寧可現在出血，也不願最後內傷而死。」林東歎道。

林菲菲道：「林總，我有個提議。由於許多業主對賠償的事感到懷疑，很多人甚至認為我們在作秀，我想咱們是不是該針對這個問題召開一次新聞發佈會呢？」

林東略微一想，覺得林菲菲的提議很好，說道：「打鐵要趁熱，菲菲，趁著業主的這波熱情還沒過去，你趕緊籌備一次新聞發佈會，以消除業主心中的疑問，同時把咱們已經制定好的補償標準公佈出去。」

林菲菲道：「指示收到，我現在就去準備。」

忙了一個上午，辦公室人來人往，直到中午才安靜下來。

林東到外面一看，周雲平不在，心想這傢伙應該是去忙特派小組的事情去了。

林東到了公司內部的食堂，滿耳聽到的都是員工們談論公司股價的事情。林東掏出手機在軟體上看了看今天金鼎建設的股價，漲停！

這時，手機響了一下，一看是凌珊珊發來的。看了簡訊的內容，林東才想起過年前的那次高中同學聚會，凌珊珊曾向他討教過股票投資。當時凌珊珊問他能不能買進他公司的股票，林東只說了一句建議長線持有。

在凌珊珊這個小散戶眼中，林東這種私募公司的老總就如同股神一般，回去之後，她就重倉買入了亨通地產的股票。前期股價走勢平穩，沒想到近幾天節節攀高，更名之後的第一天更是封上了漲停。

凌珊珊賺了不少錢，心情大好，發簡訊來問林東是否繼續持有還是趁漲停走掉？

這就是散戶心理，林東對著手機螢幕一笑，他作為金鼎建設的董事長，有些話不能說的太明白，只回了她四個字：維持己見！

凌珊珊是個聰明人，當然明白林東的意思，這是要她繼續持有，做長線。

林東在公司內部食堂裏站了一會兒，就見食堂的負責人毛大廚走了過來，手裏端著一個餐盤。

「林總，你的午餐準備好了。」

毛大廚走到林東面前，萬分熱情的說道，雙手端著餐盤，盤子裏的食物很是豐盛，等待林東的回應。

林東笑問道：「毛師傅，怎麼回事？」

毛大廚說道：「是我自作主張，我看您經常來食堂用餐，所以每天都會為您準備專用餐。你時間寶貴，可以給您節省排隊的時間。」

林東笑著接過了毛大廚手裏的餐盤，說道：「下次不要為我搞特殊了，我到食堂來吃飯不是因為我摳門，捨不得花錢，就是希望和員工們多多交流，你這樣一搞，我不就沒機會和員工們聊聊天了嘛。」

毛大廚自作聰明，本以為林東會誇讚他，沒料到竟然一句好話都沒落著，連連點頭：「是啊是啊，從群眾中來到群眾中去，是咱們老一輩的優良傳統呢。」

林東一揮手，「你去忙吧，我吃飯了。」

毛大廚點頭哈腰，走了。林東端著餐盤就近坐了下來，迅速的吃完了午飯，打算回蘇城去處理一下左永貴拜託他的事情。

開車到了蘇城，路過集古軒的時候，林東忽然想到已經有很久沒到這兒逛逛了，心想著傅家父子對他有恩，於是便靠邊停車，下車直奔集古軒去了。

整個一條古玩街都沒什麼生意，林東進了集古軒，裏面空無一客。

傅家琮閑得無聊，正在餵他養的兩隻龍魚，見林東來了，放下餌料，笑道：「小林，你怎麼來了？」

林東道：「路過這裏。想到好久沒來拜會您和老爺子了，所以進來看看。」

傅家琮熱情的請他在椅子上坐了下來，笑道：「你來得正好，我這幾日正念叨你呢。」

林東笑問道：「傅大叔，你找我有事？」

傅家琮笑道：「當然有事，來，你先喝杯茶。我上去一下，馬上下來。」

傅家琮給林東倒了杯茶，邁步上了樓梯，木樓梯被他踏得發出一聲聲悶響。

二樓，傅老爺子靠在椅子上，閉著眼睛，似睡未睡。

「爸，小林來了。」傅家琮壓低聲音道。

傅老爺子睜開眼睛，指了指面前的木盒子。「打開它，把裏面的東西拿出去讓他鑒定一下。」

傅家琮依照父親的話打開了木盒子，從裏面拿出了一個翡翠的玉簪，不解的問道：「爸，我問一句，您為何要找他鑒定這東西？他一個外行人懂什麼？」

傅老爺子似乎不想回答兒子的問題，甩甩手，「你快下去吧，注意觀察他的眼睛！」

傅家琮腦子裏的疑惑就更大了，不過父命不可違，他也沒說什麼，清楚父親的脾氣，若是時機成熟了，不需要他問，也會告訴他原因的。

噔噔噔……

傅家琮踩著木樓梯下了樓，林東一杯茶喝完，正無聊的四處張望。集古軒裏面的這些東西件件都是有來歷的，別看一個不起眼的罐子，說不定就是明清皇宮裏的東西，那生了鏽的銅盆，很可能就是慈禧老佛爺當年拿來洗屁股的。

當他正在給一件件古董杜撰來歷的時候，傅家琮已經走到了他面前。

「小林，你也懂古玩？」傅家琮問了一句。

林東回過神來。笑道：「我哪懂古玩，不過是覺得有趣所以多看幾眼罷了。」

傅家琮在林東對面坐了下來，把手中用錦布包裹著的東西放在二人之間的桌子上，笑道：「小林，你打開看看。」

「這裏面是什麼？」林東問道。

傅家琮道：「你何需問我，打開一看便知。」

林東點點頭，小心翼翼的打開了錦布，錦布裏包著的竟是一支簪子，笑道：「噢，原來是支古人用的玉簪子啊。傅大叔，你拿這個讓我看幹嘛？」

傅家琮吹了吹盞中的熱茶，笑道：「自然是請你鑒賞鑒賞的了。」

林東以為傅家琮是在開玩笑，笑道：「傅大叔，你跟我說笑的吧？這方面您是行家，別說我對古玩一竅不通了，就算是有些研究，也不敢在您面前班門弄斧啊。」

傅家琮道：「哎呀，你看看，我不問你這東西是什麼時候的，也不問你它的來歷，只問你這是不是件好東西。還記得那次我帶你去金家的賭石俱樂部，你當時能從一堆石頭裏挑出含有翡翠的原石，這足以證明你的眼光很獨到。」

那次回來，傅家琮將在金家賭石俱樂部發生的事情跟傅老爺子說了，老爺子當時沒說什麼，心中卻是翻江倒海。年前傅老爺子雲遊訪友，在峨眉山見到一個人，一個他認為早已不在人世的人，一個知道財神御令所有秘密的人——崑崙奴！

二人在山中的道觀裏住了下來，聊了兩日，自然會聊到財神御令的傳人。傅老爺子說起林東能夠辨別毛料石的能力，崑崙奴卻是眉頭緊皺，也從旁證實了自己的猜測。

傅老爺子還記得當日的對話，當他說出這件事後，對面的崑崙奴沉默了許久。

「御令有一種能力，可助人修煉靈瞳，這是當年呂爺賦予御令的能力。呂氏家族世代經營珠玉生意，對玉石古玩最是瞭解，呂爺當年辨認玉石古玩的能力也是天下第一。不過你說林東已經有了辨別玉石的能力，這簡直不可思議，我只怕他誤練了魔瞳啊！」

「魔瞳？先生何出此言？我熟讀祖宗札記，從來沒聽說過魔瞳這一說。」

「魔瞳在很多方面的能力比靈瞳厲害，只不過太過霸道，若是吸取不到足夠的天地靈氣，將會對宿主進行反噬。輕則雙目失明，重則性命不保。」

「先生，歷代財神可有修過魔瞳的？」

「沒有。」

「那為何御令到了林東手裏，他卻能藉此練成魔瞳？」

「具體原因我也不知道，只是記得當年呂爺提過魔瞳這一說法。你回去之後請幫我做件事。」

崑崙奴讓傅老爺子找到林東，然後給一件玉石玩意兒讓他幫著辨別，在他聚神凝視之時，若是瞳孔中有藍色的光芒閃過，那就證明林東修煉的的確是魔瞳！

傅老爺子也是今日才回家，他不方便跟傅家琮說太多，只是讓他把林東請來，挑了一件唐朝的玉簪子讓林東辨別。

傅家琮也不知父親的用意，只能照做。

林東拿起那支玉簪子，傅家琮為了能夠方便看他的眼睛，笑道：「小林，你把玉簪拿高點，那樣光線會好一些。」

林東點點頭，單手捏著玉簪，拿到齊眉的高度，凝神望去，瞳孔中的藍芒感應到了手中玉簪裏傳來的醇厚靈氣，從沉睡中醒來，從瞳孔深處躥了出來。

傅家琮在他的對面凝神觀察林東的眼睛，忽然覺得有兩點藍色的光芒一閃而逝，心中大為奇怪。

「是件好東西，肯定有些年代了。」林東說道，他瞳孔中的藍芒遇到年代久遠的東西就會躁動不安，況且玉石之中含有藍芒需要的靈氣，依照剛才藍芒的興奮程度推測，這支玉簪子必定是件年代久遠的古物。

傅家琮把玉簪子重新包裹了了起來，笑道：「你還真有兩下子，這可是唐朝的東西，一千多年了，當年華清池裏，楊貴妃頭上插的就是這支青羅碧玉簪。」

林東哈哈笑道：「哇，傅大叔，真的假的啊？真要是楊玉環頭上戴過的，你賣給我吧，價錢你開，不要坑我就成。」

傅家琮揮揮手：「你又不懂古玩，買回去無非是為了顯擺，為了好東西能夠保存的長久，我寧願得罪你也不賣給你。」

林東笑道：「我也就是那麼一說，你可別當真，我有買這東西的錢還不如去做點生意呢。」

傅家琮道：「好了，咱爺倆不聊這個了，說說你最近的情況吧，我看到新聞了，你又搞起了房地產了是吧？」

林東點點頭，「想做點實業，再者金鼎投資已經進入了正軌，不需要我所有時間都撲在上面。」

傅家琮道：「有想法是好的。嘿，我還記得你第一次到我這裏來的樣子，一晃還不到一年，你小子就那麼出息了。」

林東問道：「傅大叔，傅老爺子不在嗎？」

傅家琮撒了一個謊，說道：「老爺子今天沒來，講課去了。」

林東道：「可惜了，那改天我再過來。傅大叔，我還有事，那我先走了啊。」

「你有事就去忙吧。」

傅家琮把林東送到門外，看著林東上車走了，這才折回了屋裏，拿著桌上的玉簪急匆匆的上了樓。

傅老爺子聽到兒子沉重且雜亂的腳步聲，眉頭微微一蹙，似有不悅。

「爸，小林走了。」傅家琮走過來道。

傅老爺子道：「家琮，你都四十幾歲的人了，為什麼還是那麼毛躁？你就是沉不住氣，所以這輩子難成大器。」

從小到大，這句話傅家琮不知聽過多少次了，早就有了免疫力，笑道：「爸，你要是再生氣，那我可就不告訴你剛才我看到了什麼了。」

傅老爺子吹鬍子瞪眼：「沒大沒小的東西，還不快說！」

傅家琮在父親的對面坐了下來，喝了一口茶潤潤喉，說道：「爸，我照你所說，在小林凝目看著玉簪的時候，發現他兩隻眼睛裏都有一個小小的藍點閃過，一閃而逝。如果不是我仔細觀察，還真是發現不了，這還真是奇怪啊！」

傅老爺子神色一變，忽然站了起來，口中念念有詞：「看來真是被崑崙先生說中了啊……」

傅家琮看著反常的父親，叫道：「爸，您說什麼？什麼被說中了？」

傅老爺子並沒有回答他，邁步就朝樓梯走去，看樣子像是有急事要出門，傅家琮追了上去，在後面連續問了幾遍。傅老爺子就像是沒聽見似的，就連下樓梯的速度都要比平時快一倍，到了一樓，仍是未作停留，直接邁步出了門。

坐在車裏的司機見他走了出來，連忙下車把門打開。

「爸，你去哪兒？喂……」

傅老爺子進了車裏，吩咐司機開車，連一句交代的話都沒對傅家琮說。

傅家琮站在門外，心想人真是越老越奇怪，老頭子也不知怎麼了，先是莫名其妙的讓他拿個玉簪子讓一個外行人鑒賞，後又一言不發的走了。傅家琮回到店裏，喝了杯茶，把兩件事情結合在一起想了想，明白老頭子的突然離開肯定與林東眼睛裏的藍點有關。

「小林的眼睛裏為什麼會有藍點呢？這不科學啊！」

傅家琮在心裏問自己，只覺腦袋裏的疑霧更濃了。

第五章 被金錢綁架的人生

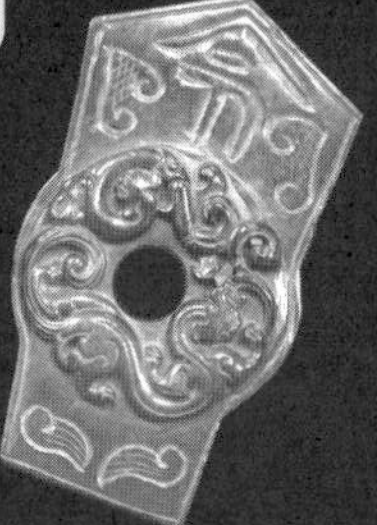

若干年後，當最初那個初入世事的小女孩回望過去的十年，
終於發現一個問題，不是錢越多人越快樂，
而自己似乎已經被金錢綁架了，想停下來卻無法停下來，
只能一往無前的向前奔去，直到力竭而亡，倒在追逐金錢的道路上。

林東不是沒有注意到剛才他在看玉簪子時傅家琮在盯著他看，心裏也是非常奇怪，傅家琮為什麼盯著他的眼睛看呢？

他沒有直接去找陳美玉，而是開車去了金鼎投資。如今他經常在溪州市和蘇城兩地之間奔波，兩個公司的人都不知道他什麼時候來什麼時候走，當林東下午兩三點鐘出現在公司的時候，所有人都見怪不怪了。只是和他打了招呼。

穆倩紅正好剛從外面回來，見林東辦公室的門開著，走過去一看，見他在辦公室裏，於是便走了進來，笑道：「我還以為是秦大媽在裏面打掃呢。」

林東道：「我剛剛才回來。倩紅，不是讓你這兩天陪管先生四處看看的嗎？怎麼來公司了？」

穆倩紅道：「林總，你去資產運作部的辦公室看看就知道了。」

林東微微一笑，心道穆倩紅現在也學會跟他玩起了懸念了。起身出了辦公室，朝資產運作部的辦公室走去，說來也是奇怪，往常資產運作部的辦公室是公司最熱鬧的辦公室，每一個員工都非常有個性，時常為了某個觀點而爭論不休，搞得辦公室裏人聲鼎沸。而今天自他進來就發現資產運作部的辦公室靜悄悄的，這在平時只有晚上和週末才會這樣。

砰！

林東推開了門，裏面一個人也不少，都在埋頭工作，有的員工看到他，向他打了聲招呼。

「喲，今天安靜啊，怎麼了各位？」林東笑道。

回答他的是一片沉寂，他朝裏面的主管辦公室走去，推門進去一看，管蒼生竟然坐在了裏面，一瞬間全明白了，難怪外面會那麼安靜。

「管先生，你怎麼來上班了？」林東大感詫異，他記得管蒼生說要在蘇城逛逛再來上班的，沒想到已經來了。

崔廣才陰陽怪氣的說了一句：「管先生昨天就來了，只是你沒看到而已。」

管蒼生的眼睛從電腦螢幕上移開了，朝林東笑道：「林總，我想你煞費苦心的把我請來，也是想我為你工作的吧？我是個閒不住的人，遊山玩水什麼時候不可以去玩，還是抓緊時間熟悉熟悉工作最好。」

管蒼生明白目前的處境，林東是硬壓住下面的反對，把他抬到了這個位置上。為了這份知遇之恩，他也必須儘快做出成績來，好讓所有人都知道，林東沒有選錯人！

林東看了看管蒼生的辦公桌，一張課桌一樣的電腦桌，一台電腦，除此之外只有幾張紙。林東眉頭一皺，心想待會得去問問穆倩紅是怎麼辦事的。

管蒼生觀察入微，知道林東不高興了，連忙說道：「林總，你可千萬別怪小穆，是我讓她這樣佈置我的辦公桌的。」

「先生何苦要苦了自己？」林東歎聲道。

管蒼生笑道：「林總，在我心裏，我只是個實習生，我記得當年找的第一份工作也是這樣，那時候的條件比這更差，還沒有電腦，只有一張破桌子。我到了金鼎，不是帶著榮譽來的，我頭上沒有任何的光環，我把自己定位為一個實習生，如果在實習期內不合格，不需任何人說，我會主動離開。」

「管先生，不知道您給自己定的實習期是多久呢？」崔廣才插了一句，問道。

管蒼生道：「一個月。」

崔廣才追問道：「一個月啊，不知道一個月之內，先生達到什麼樣的成就才算合格呢？」

管蒼生道：「把公司撥給我的一百萬變成三百萬。」

此言一出，就連一直低頭看盤的劉大頭也抬起了頭，心道管蒼生這話也太狂妄了。崔廣才更是連連冷笑，他就等著看好戲了，一個月之內翻三倍，除掉八天週末不開市，想要在二十來天翻三倍，簡直就是不知天高地厚，癡人說夢！

「那小弟就先預祝管先生順利通過實習期了。」

管蒼生撂下了大話，就連林東心裏也為他擔憂起來，一個月之內將一百萬炒到三百萬，這難度也太高了，如果一個月後管蒼生沒能做到，那麼到時候真的走了，就是白費了他一番心血啊。

林東心裏在一瞬間忽然生出想幫幫管蒼生的念頭，不過只是一瞬，以管蒼生的驕傲，豈會在這方面接受他的幫助，他要做的只有無條件的給管蒼生足夠的信任，相信他一定能夠做到！

「管先生當年能把幾毛錢的一股的股票炒到一百多塊，現在不過是翻三倍而已，這對先生而言簡直是太簡單了。」林東笑道。

劉大頭和崔廣才默然不語，心裏都等著看好戲。

管蒼生鄭重的點了點頭，重新回到了座位上。

林東知道他們都很忙，崔廣才和劉大頭還要討論金鼎二號的操作策略，於是也不說多少，悄悄離開了資產運作部的辦公室。

穆倩紅在資產運作部辦公室的門外等到，林東一出來，就向他彙報：「林總，給管先生的房子我已經找好了，已經跟業主談好，過幾天管先生就可以搬進去入住。還有就是下個星期，我托關係包了一截車廂，到時候我們乘高鐵過去，也很快，不到四個小時就能到京城。」

林東笑道：「坐火車好啊，大家可以面對面的打打牌聊聊天，還能看看窗外的風景。哦，對了，倩紅，我已經把我溪州市那個員警朋友陶大偉的聯繫方式給你那麼久了，你們有過聯繫沒有？」

穆倩紅搖搖頭。

「倩紅，為什麼不聯繫？」林東問道。

穆倩紅道：「這你得問他，我一個女孩子，我想應該他主動聯繫我才對吧。他不聯繫我，難道要我主動聯繫他嗎？我自問辦不到。」

林東會意，心道這個陶大偉也不知道搞什麼名堂，穆倩紅花容月貌，若是換了別人，早就圍著團團轉呢，而這傢伙竟然到現在連聯繫都沒聯繫。

進了辦公室，林東立馬就給陶大偉打了個電話。

陶大偉昨晚辦了一夜的案子，剛剛睡醒，看到是林東的電話，還以為又是找他喝酒的呢。

「大偉，你怎麼沒聯繫穆倩紅啊？」林東問道。

陶大偉剛睡醒，神智還不怎麼清醒，竟然問道：「穆倩紅是誰啊？」

林東真是不知道該說什麼是好：「你喝高了吧？那麼漂亮的一個美人你能把名字忘了，我服了你了！」

陶大偉想起來了，林東曾把穆倩紅的照片給他看過，告訴他照片上的那個漂亮的令人不敢多看，卻又忍不住想看的女人叫穆倩紅：「噢……我想起來了，你們公司的一個員工是吧。哎呀，最近案子太多了，我一忙起來就什麼都忘了。」

林東道：「我以為你們早已聯繫過了，剛才問她你們進展的怎麼樣，這才知道你根本沒聯繫人家。我告訴你，你給她的第一印象可不是怎麼好，接下來一定要用點心思，別再吊兒郎當的了。」

陶大偉在電話裏笑道：「行，哥兒們一定努力，不過我還真是不知道怎麼約女孩子見面，兄弟，你教教我吧？」

林東頓時無語，沒想到陶大偉情商竟然那麼低下，只能耐著性子為他出謀劃策「肯定你得來蘇城一趟，然後約出來在某個地方吃個飯什麼的，之前最好在電話裏也好好聯絡聯絡，熟悉一下，不至於第一次見面冷場。」

「你慢點說，等等，我拿筆記一下。」陶大偉慌慌張張，翻了半天也沒找到紙筆。

「你自己去網上搜泡妞三十六計看去吧。」

林東「啪」的一聲掛了電話。

林東收到陳美玉的回覆，邀他去城中富貴坊的楓橋客棧見面。

楓橋客棧？

她為何會約我去那種地方？

林東百思不得其解，陳美玉對他有點意思這是他早就知道的，不過也不至於直接喊他去那種地方。而他不知道的是，楓橋客棧雖然名子裏有「客棧」兩個字，實則並非普通的酒店。

城中的富貴坊屬於古城區，林東開車到了坊外，因為坊內道路狹窄，只好將車停在坊外，下車步行。

富貴坊乃蘇城古城區古跡保存最完好的地段，站在坊外的坊門下往裏面望去，一條不寬不窄的青石小道蜿蜒曲折，小道兩旁白牆青瓦，小樓矗立。江南的建築風格講究婉約清秀，正如江南的女子一般，兩旁的小樓簷角高掛，呈弧形半月之狀，猶如烏鳳翱翔天際。

簷下掛著大紅燈籠，此刻夜幕初臨，燈籠已點亮，在路上投下暈紅的光影。

林東走在富貴坊的青石板小道上，彷彿回到了古代，那燈籠裏的燈火雖然已被電燈所取代，鏤空的門窗上的窗紙也被玻璃所代替，不過這裏大部分的建築都是明清時期建成的，據說年代最久遠的可以追溯到南宋時期，很有滄桑之感。

漫步坊中，耳聞兩旁古屋裏隱約傳來評彈，雖聽不懂唱的什麼，卻不妨礙領略其中的意境。林東感覺彷彿置身於江南煙雨之中，巷陌內，一個穿著明清服飾的女子手執花傘，繡花的鞋子生怕被雨水濺髒，提著裙小心翼翼的走來，忽然抬頭瞧見了他，羞得俏臉通紅，兩頰生暈。

「林總……」

忽然一個熟悉的聲音像是從天際飄來，將恍惚中的林東拉回到現實裏來，水波在眼前蕩漾，剛才含羞跑開的女子不見了，換成陳美玉笑盈盈的站在他的對面。

林東抬頭一看左手邊的房子，三層小樓，門匾上四個燙金的大字：楓橋客棧！原來不知不覺中已經到了和陳美玉約定的地方。

「陳總，不好意思，讓你等我了。」林東呵呵笑道。

陳美玉今天穿了一雙黑色高筒靴，與修長的身材相得益彰，愈發顯得腿部修長。頭髮披散在腦後，有一陣子未見，不知何時將黑髮染成了黃髮，她那張長得很中式的美人臉因黃髮而增加了不少洋氣，在黃髮的襯托下，膚色顯得更加的白皙。

陳美玉微微一笑，「走吧，帶你進去感受一下。」

說完，先進了門，林東跟在她的身後，隨後也進了門。

林東進門之後才知楓橋客棧是真正的客棧，就如他在電視裏看到的那樣，穿著長袍大褂的掌櫃站在櫃檯後面，帶著四方帽子，手裏撥弄著算珠，瞧見有人進門，笑呵呵的說了一句：「客官裏邊請。」

客棧內古風濃郁，裝飾古樸，讓人恍如回到古代一般，林東忍不住好奇，四下打量了幾眼。大堂內放著幾張八仙桌子，沒有椅子，只有長條的凳子，屋頂上掛了幾盞燈籠，每張桌子上都有一盞油燈。筷筒就放在桌子上，裏面斜著插了幾雙竹筷子。

陳美玉已經找了一張桌子坐了下來，那張桌子位於角落。從她的角度可以看清客棧第一層的全部。

林東坐了下來，口中嘖嘖稱奇。「陳總，如果不是你邀請我到這裏來，我到現在還不知道這繁華的都市裏還有那麼個好地方，讓我恍惚中有種穿越了的感覺。」

這時，肩上搭著一條白毛巾的店小二走了過來，客氣的問道：「二位要點什麼？」

林東看著陳美玉，「陳總，你看來對這裏比較熟，你點吧，我請客。」

陳美玉脫口念了幾道菜名，林東在對面聽的有趣，這家店裏的菜名居然也起的那麼文雅別致，有不少菜名引經據典，大有出處。

店小二記下了菜名，轉身朝後廚吆喝了起來，「一號桌西湖醋魚、芙蓉鹿尾、明珠豆腐、翡翠銀耳各一道——」聲音拖得很長。

陳美玉道：「林總，你覺得這個地方怎麼樣？」

林東道：「別具風格，我很喜歡。」

陳美玉攏了攏頭髮，笑靨如花，雖已年過三十，不過歲月卻未能在她臉上留下絲毫的印跡，皮膚光滑細嫩，光彩照人，而成熟女人的特有韻味又令她更有魅力。

「你說的很到位，這裏所有的一切都與外面不同，沒有任何現代化的東西，就連後廚也是人工燒火，完整保留了古色古味。我來過一次就喜歡上了這裏，而後就經常來這裏，或是品茶，或是吃飯，或是孤身一人，或是與一兩好友，我帶到這裏來的全都是願意與之交心相處的好友。」

林東怎麼能聽不出陳美玉話中之意，陳美玉竟將他當做願意交心相處的知交好友，不過他並不能肯定她這話是真是假。陳美玉這個人太過厲害，有了左永貴的前車之鑒，林東與她相處已不能全無防備之心。不過美麗的女人就是有一種魅力，即便是她明明說的就是假話，也會主動找千萬種藉口來為她開脫，令自己相信她所說的都是真話。

林東自問定力不差，不過在陳美玉的面前，他顯然是道行不夠，如一般的男人一樣，心想把她與左永貴的事情丟在一邊，陳美玉畢竟沒有做過對不起他的事情，應該待人以誠才對。

「陳總，謝謝你那麼看得起我。」林東笑道。

陳美玉嫣然一笑，「你如果真的想謝我，今天在這個屋裏就別跟我聊俗事，好不好？」

陳美玉秀目之中滿含期盼，乞求的語氣令人骨頭都酥了，林東不由自主的點了點頭，忽然心中一凜，這還沒談到正事，節奏就被對方完全掌握了，陳美玉這個女人還真是厲害。

「昨天你公司更名，我有要緊的事情要忙，走不開，不過我托人送去了花籃以示祝賀。林總，你不會怪我沒有親自去吧？」陳美玉道。

林東呵呵一笑，「花籃我看到了，你既然有重要的事情，不來也是正常的嘛，如果為了我那點小事兒耽誤了你的大事，那我心裏可過意不去。」

整個晚飯吃了兩個多小時，陳美玉不斷的引起話題，很少由林東主動開口，林東則疲於應付，加上之前承諾說不談俗事，所以直到吃完了晚飯，林東也沒能把左永貴拜託他的事情跟陳美玉聊一聊。

撤去盤子，陳美玉要了一壺信陽毛尖，和林東對著燈火飲茶。

「剛才吃的有些油膩，喝點茶清清腸胃是最好的了。」陳美玉笑道。

林東不懂得品茶，不過對面坐著的是陳美玉這樣的大美人兒，即便是喝白開水，只要美人不走，他就願意陪著一直坐下去。

一壺茶喝了一半，陳美玉看出來林東沒什麼興趣，說道：「林總，我們結賬走人吧。」

林東笑道：「好啊，陳總，我去結賬。」走到櫃檯，問道：「掌櫃的，一共多少錢？」

老掌櫃麻利的撥了撥算盤珠子，開口說道：「客官，一共三千文錢。」

他瞧出林東一臉迷惑，笑道：「客官，其實也就是三千塊。」他指了指櫃檯上面放著的木牌子，牌子上有很多關於店內與外面不同的說明。

林東笑道：「掌櫃的，你嚇出了我一身冷汗，飯都吃了，如果你讓我真去弄幾千個銅錢過來，我可辦不到。」

林東迅速的會完鈔，與陳美玉走出了楓橋客棧。來時他還以為楓橋客棧是間旅店，看來是自己想歪了，人家陳美玉沒有半點跟他搞曖昧的意思。

陳美玉駐足，笑問道：「林總，你可知道來這裏有個必去的地方？」

林東不解，笑問道：「除了楓橋客棧，還有什麼特有意思的地方嗎？」

陳美玉道：「還是與楓橋有關，你猜猜，我想你應該能猜得出來。」

林東微微一笑，心中冥思苦想，過了半晌也沒猜出來，搖了搖頭，「我對城中古城區這一片很不熟悉，陳總就別吊我胃口了，快點告訴我吧。」

陳美玉忽然吟起了詩，「月落烏啼霜滿天，江楓漁火對愁眠。姑蘇城外寒山寺，夜半鐘聲到客船。」

林東恍然大悟，暗歎自己蠢笨，「啊呀，楓橋夜泊，寒山寺就在附近吧。」

陳美玉點點頭，笑問道：「不知林總有沒有興趣陪我夜泊楓橋呢？」

林東笑道：「我剛上大學那年和班裏的同學來過，當時花了我二十塊錢買門票，那個心疼喲。今天既然來了，我也有故地重遊的想法。」

陳美玉道：「現在已經是晚上了，寒山寺是進不去了，咱們只能去碼頭乘坐畫舫，遊歷當年大詩人張繼走過的水路。」

林東道：「好啊，我正有此意。」

二人出了富貴坊，轉了個彎。古城區阡陌交錯，林東根本摸不著南北，好在陳美玉對這一帶非常熟悉，帶著他穿街過巷，不一會兒就到了碼頭。

夜晚還來坐遊船的大多都是情侶，林東放眼望去，在他們前面排隊的都是十幾到二十歲左右的孩子，手牽著手，親密的依偎在一起，一看便知是正處於熱戀期。和一對對情侶在一起，這樣的場合讓林東和陳美玉都感到有些尷尬。

陳美玉笑道：「林總，看來我不該提議來這兒的。」

林東笑道：「我倒是沒什麼，陳總，恐怕是有些小姑娘要生你的氣。」

陳美玉秀眉一蹙，一副很不明白的樣子。

林東在她耳邊低聲道：「陳總，你瞧見沒有？前面有幾個男孩剛才偷偷的回頭望你呢。你搶了女孩家的風頭，她們能不怨你嘛。」

「貧嘴！」陳美玉嗔道，「你就編吧，我都三十幾歲的人了，怎麼能跟她們比。我還瞧見有女孩回頭看你呢。」

排隊上了畫舫，林東和陳美玉坐在同一張長椅上，陳美玉靠著窗。

船老大走進了船艙，爽朗的笑聲將艙內所有人的目光都吸引了過去，「歡迎大家來坐我的船，接下來我說一下注意事項，開船的時候，請大家不要離開船艙，也儘量不要把腦袋伸到窗外。待會我們將沿著大詩人張繼走過的水道向西繞行，然後回到咱們出發的這個碼頭。如果有需要零食飲料和紀念撲克的請舉手，我這裏都有。最後，祝大家觀光愉快。」

船老大說完就在艙內坐了下來，過了一會兒，一個身材高瘦的女孩抱著琵琶走進了船艙，和船老大點頭打過了招呼，在一邊的凳子上坐了下來。

船老大開動了船，畫舫的速度不快，慢慢的在河中心行駛，而那女孩則在一旁撥弄琵琶，一個個音符自她指尖劃出，低吟淺唱，雖是林東聽不懂的吳儂軟語，不過意境卻相當溫柔繾綣纏綿悱惻，與艙內的情景很貼切。

陳美玉扭頭看著窗外，為了方便夜晚觀景，河道兩旁都安裝了燈光，雖比不上白天看的真切，好在還能看得清楚。

林東不經意間一瞥，看到了陳美玉臉上落寞的神情。心中揣測，她美貌冠絕，又那麼有錢，有什麼煩心事讓她如此落寞呢？

女孩家的心思男人永遠都很難理解，在林東眼裏，陳美玉無疑是一個萬能的女強人，獨當一面，能力過人，有財有貌，幾乎是什麼都不缺。而陳美玉看到那麼多年輕男女成雙成對。想到自己如今的處境，不禁心生悲涼之感，也不知此生還能否找到真愛。

年輕的時候，是有個男生深深的愛著她，而那時她一心只想往上爬，多番努力都失敗之後，她終於明白這個世界是男人的，如果想從男人手中搶到一片天，那只能祭出女人的絕殺武器，那就是她的美貌。

後來，她毅然決然的與已經到了談婚論嫁地步的男朋友分了手，為了以後不傷害他，她斬斷情絲，踏上了一條不歸路，開始周旋於各色男人中間。她以她的美貌作為武器，無往而不利，越來越多有錢有勢的男人拜倒在她面前，成為她手中牽線的木偶。

一晃之間，十年過去了。當初的夢想似乎已經達到了，她有大大的別墅。還有十幾套價值不菲的公寓，手裏還有自己的產業，不過錢這東西好像總也賺不完，心也總沒有滿足的時候，她不知道什麼時候自己才能夠停下來，什麼時候才能有時間解決一個叫「愛情」的問題。

若干年後，當最初那個初入世事的小女孩回望過去的十年，終於發現一個問題，不是錢越多人越快樂，而自己似乎已經被金錢綁架了，想停下來卻無法停下來，只能一往無前的向前奔去，直到力竭而亡，倒在追逐金錢的道路上。

也不知過了多久，畫舫繞了一個圈又回到了出發的碼頭，年輕的男男女女們開始往出口湧動，陳美玉仍是怔怔出神的望著窗外，其實她的眼睛裏什麼也沒看到，思維已經到了另一個空間，根本無心欣賞夜景。

直到年輕的男女們都走光了，林東見陳美玉仍然坐在那兒一動不動，忍不住出聲道：「陳總，船靠岸了。」

陳美玉仍是沒有反應。

林東推了推她，「陳總、陳總……」

陳美玉有了感覺，猛然回過神來，朝林東看去，「哎呀，船到岸了啊，咱們快點下船吧。」

林東訕訕一笑。二人離開了畫舫，又有一批人在渡口排起了長隊，等待坐畫舫觀光。

不遠處就是楓橋，楓橋旁邊有一個銅製的張繼塑像，銅像寬袍廣袖，頭戴烏紗帽，雙手隨意放在兩側。燈光下，銅像張繼的一根手指熠熠發光，十分的閃亮。

陳美玉說道：「張繼的才情冠絕天下，許多人來此旅遊，為了沾染他的文氣，都會去他的那根手指上摸一把，久而久之，那根手指就特別的光亮。」

林東明白了，笑道：「可惜我志不在寫文，若不然也去摸一把。」

陳美玉笑道：「你瞧見沒有，那手指金光閃閃，你不如去摸一把，說不定能保你財源滾滾呢。」

林東笑道：「說的也是，那我就去摸一把。」說完，快步走到銅像前面，伸手在張繼的「金手指」上摸了一下。

陳美玉被他逗得一笑，「你還真是信了。」楓橋下水聲滔滔，夜風猛烈的吹來，二人站在橋上，迎風而立，陳美玉的秀髮被風吹得飄舞風揚，林東站在她的身旁，一陣陣髮香鑽入鼻孔之中，甚是好聞。

二人默然良久，林東開口問道：「陳總，你是不是有什麼心事啊？」

陳美玉笑道：「你找我也是有事的吧。」

林東點點頭，「我的事不急，如果可以，我倒是很想聽聽你的心事。」

陳美玉望著他的臉，有些吃驚，在這樣的夜晚，一個男人打聽她的心事，非同小可，莫不是……陳美玉心跳的節奏忽然變得很亂很快。

林東見她不說話，笑道：「晚上你在楓橋客棧說過的，說我是你可以交心的朋友，既然如此，你何不將心事說給我聽聽。要知道悶在心裏總是不好的。」

陳美玉愕然，「我有說過你是我交心的朋友嗎，我怎麼不記得了？」

林東撓撓腦袋，笑道：「難道是我理解錯了嗎？你說你只會帶交心的朋友去楓橋客棧吃飯，如果我不是，你幹嗎帶我去那兒吃飯呢？」

陳美玉歎道：「林總，你數學不錯嘛，學會運用等量代換了。」

「呵呵，我是理科畢業，這點推理還難不倒我。」林東笑道。

二人互相調侃了一氣，令剛才短暫的尷尬氣氛一掃而散。

陳美玉長長呼出一口氣，說道：「林總，你真的很想聽我的心事嗎？」

林東點點頭，「陳總，你把我當做朋友，我只是希望能以朋友的身分給你些許慰藉。我看得出來你有心事鬱結心中，說出來吧，就算是我無法開導你，也比你憋在心裏要好。」

陳美玉道：「我希望我將要說的話只有你知我知。」

「這個你放心，我絕不會對任何人說。」林東道。

陳美玉醞釀了一下情緒，「其實我真的不知該從何說起，十年前，我沒有錢，父親在我上小學的時候就病逝了，全靠母親一手含辛茹苦的拉扯長大。還記得母親為了能讓我及時的交上學費。賣光了家裏所有的糧食，但還是不夠。一天晚上，我睡醒之後發現母親不在床上，於是我就下床去找，當我拉開一點門縫的時候，我看到兇惡的村長壓在我赤身裸體的母親身上。

「那一刻我真想衝出去把村長大卸八塊，但我已十幾歲了，明白如果我那樣做了。母親以後在我面前就再也抬不起頭。母親用身體換來的錢一直供我讀完高中，可我不是讀書的料子，雖然學習很用功。卻沒能考上大學。我從小在這樣的環境下長大，所以我比誰都知道貧困家庭的悲哀。

「我再也不願受貧困之苦。發誓要通過自己的努力成為富有的人。在這個社會磕磕碰碰之後我才知道，一個沒有背景的女孩想要出人頭地是多麼的困難。有好些年我一直不明白母親為什麼要讓村長那樣欺負她而不反抗，一直耿耿於懷，直到後來無論我怎麼努力還是一無所有的時候，我終於能夠體諒母親，開始覺得她是一個偉大的母親。

「再後來，我變成了一個別人眼中依靠男人生存的女人，我開始買得起好衣服，開始學著有錢人去高檔餐廳消費，開始學英文。在我的背後一直不乏辱罵與指責，我裝作聽不見，仍是周旋於男人之間，甚至有的女人說我是以玩弄男人拆散別人家庭為樂，我頂住壓力，我知道我不是那樣的女人，我知道終有一天我會讓他們看見我比男人更厲害！

「現在，我有錢了，看上去什麼都不缺，巴結討好我的男人越來越多，可我的心裏卻總是空蕩蕩的，再多的金錢也無法填補我空蕩的心靈。看著同齡的女人有夫有子，一家三口其樂融融，我表面上不屑，卻在心裏無比的羨慕。

「近兩三年來，我對家庭的渴望越來越強烈，可周圍的男人無不對我虛情假意，再也找不到真心愛我的男人。我不敢奢求真愛，偶爾遇到個好男人，竟會覺得他們是因為我的錢來的。一方面渴望，一方面害怕，林東，你說我的心理是不是很矛盾？」

林東無疑是一個很好的傾聽者，他一直認真的傾聽，等待陳美玉一口氣將想要說的話說完。

沉思良久，林東才開口說道：「陳總，我一直不知道你還有那麼多不幸的經歷，聽了之後，我不禁生出同情與憐憫之心，不僅對你，也是對我自己。其實我與你一樣，也過過苦日子，那時候一門心思只想怎麼才能成為有錢人，直到現在終於算是有點錢了，卻發現在追逐金錢的過程之中迷失了自我，不知道什麼對自己才是最重要的。金錢綁架了我，帶著我一刻不停的往前奔，這條路看上去似乎並沒有終點。我們在為理想奔波勞碌，等到理想實現之時，卻發現曾經為之付出良多的理想並不是自己想要的，並沒有給自己帶來預想中的快樂。」

陳美玉道：「對，我現在就是不快樂，越不快樂我越是想讓自己忙碌起來，因為那樣我就沒時間沒精力去感受孤獨。林東，你說說我們這群人這樣拚命賺錢到底有什麼意義？」

「沒什麼意義，只是除了這樣，我們自己也找不出肯定自己的地方，於是乎只能日復一日的循環過日子。害怕孤獨，害怕失去，似乎已經成為我們這群人的通病。」林東自嘲似的笑道，「如果在一年前，讓我去工地幹活我都不怕，但是如果現在讓我去工地搬磚頭，只怕是我連一個星期都支持不了就當了逃兵。」

陳美玉笑道：「我看你也沒法開導我，不過真的是如你所說，說出來會開心很多。唉，心裏實在不能積壓太多東西，否則遲早會出毛病的。」

陳美玉雙臂抱在胸前，橋上風大，她縮著脖子，看上去很冷。林東脫下了風衣，披在她身上，陳美玉感受到了衣服上的溫度，失神的看著林東，十年前也有一個男人，會在她感到冷的時候義無反顧的脫下衣服給她穿。十年過去了，那個男人的模樣她早已記不清了，恍惚中覺得就是眼前這個男人的模樣。

「橋上風大，走吧。」

林東說道，原以為陳美玉不一定會披他的衣服，從結果來看，他又以為錯了，看來女人的心思真的是很難揣測。

二人下了橋，陳美玉一路上沉默不語。回到富貴坊前面停車的地方，陳美玉才把衣服還給了林東。

「林總，謝謝你。」

林東一笑，「陳總，你這就客氣了。脫衣服給女人穿是紳士所為，我得學著做一個紳士。」

「哦，那麼說如果今晚站在你旁邊的不是我，是其他女人，你也會那麼做了？」陳美玉笑問道，她迫切的想得到一個否定的答案。

林東道：「就事論事，沒發生的事情我哪敢肯定，也許換個醜八怪，我可不會那麼做。」

到了分手之際，陳美玉問道：「林總，你今天約我出來，錢也花了，再不說正事我可就要走了啊。」

林東道：「陳總，你那麼聰明，其實應該已經猜到我要跟你說什麼了吧。」

陳美玉搖搖頭：「我真的不知道，你快說吧，已經很晚了。」

林東說道：「昨天公司更名典禮，我看到左老闆了，從他那裏得知了一些事情。陳總，我想左老闆的近況你是清楚的吧，你們兩方都是我的朋友，我不願看到左老闆的生意垮掉，也不願意你們的關係那麼僵。」

陳美玉明白了，林東是來做說客的，笑道：「他殺了我的心都有，況且我覺得我並不虧欠他。如果不是我，他的生意早就垮台了。這些年我為他賺了多少錢，他沒有跟你說嗎？」

林東道：「陳總，我來不是評理的，不想去過問誰是誰非，我想到了一個折中的法子，左老闆已經同意了，就看你肯不肯點頭。」

一談起正事，陳美玉又變成了那個冷靜到可怕的女人，說道：「你說，我聽。」

林東道：「是這樣的，左老闆的生意基本上快做不下去了，我想你再去幫他打理生意，入股他的生意。他是老闆你是雇員的關係將不復存在，你們都是公司的老闆，以占股多少來分紅。這樣一來，左老闆的生意不會垮掉，你也能有更多的收入。」

陳美玉道：「你告訴左永貴，我可以回去，但是不是以資金入股，我以管理入股，而且我要百分之五十的股份！如果他不同意上述條件，那我只能說愛莫能助。」

「陳總，條件是可以談的嘛，我想你們是不是找個時間約到一起談一談？」林東沒想到陳美玉態度那麼強烈。而且看上去似乎對入股左永貴的生意並不感興趣，好像是純粹出於憐憫他似的。

陳美玉道：「林總，實話告訴你，如果今天不是你來跟我說這事，其他人我連聽都不想聽。我知道左永貴心裏有多恨我，如果不是實在沒法子了，他怎麼可能會想到要與我合作？之所以有今天這樣的結果，他誰都怨不得，只能怪他自己無能！如不是這些年我為他打理一切，他坐吃山空，早就露宿街頭，成窮光蛋一個了。」

林東歎道：「原本我以為這對你而言也是一次機會，看來是我想錯了。好了，陳總，那咱們今天就到這兒散了吧，你的話我會帶給左老闆的。路上小心。」

陳美玉道：「林總，再見，今晚很難忘，謝謝你。」

林東微微一笑，二人往相反的方向走去，各自上了車。陳美玉先發動車子走了，林東開車出了城中的古城區，猛然醒悟過來。

陳美玉是個生意人，剛才他們不是在論交情，而是在談生意，當然會坐地起價了。她不是對左永貴的生意沒興趣，而是裝出沒興趣的樣子，為的就是能在左永貴身上得到更多的好處。

而陳美玉之所以說明不以現金入股，只以技術入股，是因為她自己的攤子鋪的太大，在不同的管道都有投資，以至於現金根本沒有多少，她態度的強硬也是為了掩飾自己實力的不足。這些年來她為了打通關係，花了不少錢。不過花的都很值得，不然也不可能現在辦起事來那麼的順利。

林東分析了一下，對陳美玉這個女人越來越佩服。心想她如果是敵非友，那可真是個棘手的人物。

第六章

瞬間石化的相見

砰！林東聽到自己所在的這間房的門被踹開了。

「雙手抱頭，蹲下，不許動！」

女警冷冰冰的聲音在房間裏響起，傳入了林東的耳中，令他瞬間石化了。

這聲音他再熟悉不過了，是蕭蓉蓉的，她竟然來了！

自年前車內發生的那一次之後，林東再也沒有見過蕭蓉蓉，

也沒聽到有關她的任何的資訊，不曾想二人下一次見面居然會是這種場合。

一路開車回到家裏。屋子裏冷冷清清，如今他常在蘇城和溪州市兩地奔波，家也很少回了，想喝開水，拎起水壺，倒出來的竟是冷水，才想起這水可能還是過年前燒的。

忙著燒水，才發現煤氣不知何時用完了，只能從冰箱裏開了瓶飲料出來喝喝解渴，心想若是柳枝兒在身邊，他斷然不至於狼狽成這樣，不知不覺中，已經習慣了有女人照顧的生活。

洗漱之後，林東就上床睡覺去了。

第二天一早，他一覺睡醒，一看時間，竟然已經是中午了，趕緊翻身下床，心想我怎麼睡得那麼死，昨晚根本沒做什麼事，不至於這樣吧？林東一想，最近好像是比較貪睡，不知是什麼原因。

想了想工作，金鼎投資這邊步入了正軌，沒什麼事情要他操心，而地產公司那邊也在按他的設想一步步的往前走，也沒什麼太大的壓力，為什麼會那麼嗜睡呢？

正當這時，放在床上的手機響了，林東一看是吳老大打來的，才想起忘了通知吳老大帶人過來。

「喂，林老闆，新年好啊。」電話一接通，吳老闆就向林東拜了個晚年。

林東笑道：「吳老大，新年愉快。你打電話找我是為了問工程的事吧？」

吳老大笑道：「哎呀，正是為了這個。年過完了，眼看天氣一天比一天暖和了，跟著我的兄弟都來跟我打聽什麼時候動身返城呢。林老闆，我沒打擾你吧？」

吳老大小心翼翼，生怕林東一個不高興就把工程弄丟了。

林東笑道：「有什麼打不打擾的，吳老大，你告訴我，你能帶多少人過來？」

吳老大道：「年前回家的時候我就發動了手底下的幾個兄弟招兵買馬，弟兄們四處活動，說是我過完年有個大活，所以很多人都願意跟我去呢，我昨天統計了一下，大概有六七十人。」

林東道：「你帶著你的人趕緊過來吧，馬上就要開工了，對了，不是到蘇城，是到溪州市。訂好了車票告訴我時間，我好安排人接待你們。」

吳老大心頭狂喜：「哎呀呀，你真是我的恩人啦，我下午就去通知工友們馬上訂車票。」

掛了電話，林東想到胖墩還在等他的消息，估計跟吳老大一樣，也著急了，於是立馬給胖墩打了個電話。

胖墩這兩天在家也是焦急的等待林東的消息，手下的那波人動不動就打電話來問他什麼時候有活做，他總是說再等等，若是時間久了，手底下那幫人可都是要養家糊口的，說不定就投奔別的工頭去了，那他可損兵折將了。

接到林東的電話，把胖墩樂得差點跳了起來。

「林東，你總算是來電話了！」

林東笑道：「胖墩，你等急了吧。」

胖墩道：「那可不是，急得我好些日子吃不下睡不香呢。」

林東道：「那你幹嘛不打電話來問問我到底是什麼情況？」

胖墩憨憨一笑：「你是我信得過的兄弟，你說有活給我做那就肯定有，不需要問。」

林東知道胖墩壓力不小，能為他頂住壓力，絕對是個可信任的兄弟，笑道：「帶著你的人馬，儘快到溪州市來，我有大活給你做。」

胖墩問道：「多大的活？我只能帶三十人左右。」

林東心想加上吳老大的人馬，也差不多將近百人了，應該夠了，說道：「你把人都帶過來吧，做事馬虎的別往我這兒帶。對了，我這邊還有一撥人馬，也是咱老家那一帶的，工程太大，靠你那三十口子不頂事，所以我還找了別人，能理解吧？」

胖墩笑道：「你這話說的，我自己多大能耐我不知道啊，想吞天也得有那天大的肚子啊。你要是把整個工程都給我了，我還害怕趕不上進度呢。」

「鬼子他娘的腿怎麼樣了？」林東問道。

胖墩道：「還好，鬼子伺候他娘真是沒的說，這傢伙聽說吃黑魚對骨頭上的傷有好處，在鎮上買不著黑魚，硬是大寒的天在河裏捉了幾條上來。」

林東歎道：「鬼子不是個壞人，只是前些年走錯了路，以後咱們兄弟得多幫著他點。」

胖墩道：「那是自然的了，只要能讓他吃得飽穿得暖，鬼子會安分下來的。」

林東道：「你告訴鬼子一聲，等他娘的傷一好，讓他馬上過來。」

胖墩道：「我知道了，那就先不講了，我過去的時候告訴你。」

掛了電話，林東洗漱好之後就出了門，早飯沒吃，醒來後肚子就咕咕直叫，開車到了社區外面的鄰裏中心進了一家麵館要了一碗麵，狼吞虎嚥的吃了下去。一碗下肚，仍是覺得有些餓，於是就又要了一碗。

老闆見他吃得起勁，給他碗裏多加了一些麵和蔥花辣子。

填飽了肚子，林東心想要把昨晚陳美玉所說的條件傳話給左永貴，打了個電話給左永貴，電話接通後，傳來左永貴微弱的聲音，似乎正睡得迷迷糊糊。他昨晚喝酒喝到半夜，晚上又帶了兩個女人回來，折騰了一宿，若不是看到是林東的號碼，左永貴連接都會不接。

「喂……」

林東聽到左永貴有氣無力的聲音，心想這傢伙黑白顛倒，荒淫無度，陳美玉那樣的女人怎麼甘心臣服於他，說道：「左老闆，你托我的事我去問過她了。」

左永貴一聽這話，立馬來了精神，坐了起來，靠在床上，急問道：「林老弟，她怎麼說？」

林東嘆道：「左老板，你聽了可別生氣，陳總說了，可以入股，但不以資金入股，而且要占不少於百分之五十的股份。」

左永貴當即怒罵道：「她怎麼不來搶百分之五十？老子全給她得了。」

左永貴盛怒難消，一蹬腳把床上斜躺著的一個女人蹬了下去，那女人睡得好好的，忽然腰部被重重踹了一腳，從床上滾了下來，重重的摔在木地板上，忽然間醒了，在地上翻滾著叫喊。

林東聽到電話裏傳來的痛苦呻吟聲，知道必是城門失火殃及池魚，說道：「左老板，我看你那邊有點忙，我先掛了，你處理好了再打電話給我。」

看到床下那女人痛苦的哀嚎，左永貴也有點傻了，這時，另一邊沉睡的女人也醒了，害怕禍及己身，迅速穿好了衣服，拎著包慌慌忙忙逃出了左永貴的別墅。

「別叫了！」

左永貴心煩意亂，只覺什麼事都不順心，從床頭的抽屜裏摸出一疊鈔票，往躺在地上乾嚎的女人身上一扔。

那女人馬上停止了嚎叫，不過左永貴這裏她也不敢繼續待下去了，穿了衣服就走了。

昨晚飲酒過度，加上縱慾多次，左永貴只覺頭昏腦脹，一點精神也提不起來，往床上一躺，馬上又昏昏沉沉的睡了過去，醒來的時候已經是下午五點了，一看窗外，天色已晚，穿上了衣服，急急忙出了門。

林東下午到了公司，一直坐在辦公室裏，一步也沒出去。他把公司大客戶的名單拿了過來，從中篩選了不少人出來。被他篩選出來的都是關係比較好的，打算和他們聊一聊在他老家建度假村的事情。

不過出乎他意料的是，事情並不如他想的那麼順利，許多人在聽了他的描述之後似乎並不感興趣，有甚者，虛與委蛇，說了一番客套話，最終並未定下來什麼。

林東心知必然是自己有些方面考慮得不周全，於是放下電話，開始思考到底是哪裏出錯了。他打開窗戶，讓外面的冷風吹進辦公室裏，猛烈而冰冷的風吹在身上，很快就感到頭腦清醒了許多。

林東把椅子轉了過來，面朝著窗戶，讓冷風迎面而來。

他試著從客戶的角度去分析問題，漸漸找出了問題的所在。

這些客戶在商言商，在合法的投資範圍內，他們根本不在乎投資的專案是什麼，關心的只是投資的收益和見效，而他們現在在金鼎公司的投資收益和見效都很樂觀，在過去的不到一年裏，金鼎公司為他們帶去了出乎意料的收入。

相比之下，度假村到底能有多少收益還是個未知數，另一方面，見效的時間也難以確定，但是可以肯定的是，建度假村是個耗時耗力的大工程，短期之內斷然是無法盈利的。

諸多的不確定因素，讓這些款爺們望而卻步。兩者相較，繼續在金鼎投資公司投資，收益可謂是立竿見影，而且非常的可觀。

林東終於明白了問題的所在，從長遠來看，度假村必定會成為他名下很賺錢的一個專案，不過其他人從自己的角度出發，不看好這個專案，也無可厚非。

不過以他現在的能力，想要獨力一人搞好度假村，是有點吃力。不過現在度假村連實地考察都還沒開始，等到真正注入資金開始建設，估計還要很長一段時間。

還有時間，林東心想，說不定動工前他已經有了一人獨力搞好度假村的資金。

想到這裏，他把桌上的電話簿合上了，不打算再繼續打電話。

正當他準備收拾東西去溪州市找柳枝兒的時候，放在桌上的手機響了。

電話一接通，就聽到了左永貴的笑聲：「哈哈，林老弟，老哥我找你來了，你在公司嗎？」

林東道：「左老板，我在辦公室，你在哪裏？」

左永貴道：「我已經到你公司的樓下了，正準備上去呢。」

林東道：「左老板，你別上來了，我準備下班了，麻煩你在下面稍等我片刻，我馬上下去找你。」

左永貴點頭道：「那好，我就不上去了，我在下面等你下來，待會兒咱倆一塊去吃頓飯。」

林東收拾了東西，出了公司，正好看到穆倩紅也在等電梯。

電梯門開了，二人一前一後進去。

穆倩紅道：「林總，管先生真的是很努力啊！昨天晚上我很晚才回去，我以為我是最後一個走的了，後來看到資產運作部辦公室的燈還亮著，以為是老崔和大頭在裏面，進去一看，原來只有管先生一個人。我看到他面前的桌子上亂糟糟的放了很多紙張，上面都寫滿了數字，不過我看不懂他寫的是什麼。」

林東笑道：「倩紅，你對管先生有信心嗎？」

穆倩紅道：「林總，我對你有信心，你費盡辛苦把管先生請回來，我想管先生一定有他過人之處。我相信你，所以我也相信管先生有能力通過他自己給自己定的試用期。」

林東微微一笑：「我想管先生不會讓我失望的。」

電梯到了建金大廈的地下車庫，穆倩紅上車先走了。

左永貴看到林東，朝他揮了揮手：「林老弟，我在這兒。」

林東循聲望去，找到了左永貴所在的位置，朝他走去。

到了近前，左永貴笑道：「老弟，晚上沒什麼事，老哥帶你快活快活去。」

林東笑道：「左老板，你知道我一向不好那個的，還是饒了我，咱們吃飯可以，其他的就免了。」

左永貴笑道：「人不風流枉少年啊，林老弟，你那麼年輕，正應惜取少年時，好好風流一番，否則等到年老體弱有心無力了，可是要後悔一輩子的。」說著，拉著林總就往車裏去。

「左老板，你別拉我，聽我說句話行不行？」

左永貴停了下來，笑道：「啥話，你說。」

林東道：「我可以陪你去，不過我不陪你玩，這樣子行嗎？」

左永貴心裏一想，到了那種地方，亂花迷人眼，那麼多漂亮的女人勾引，就算是正人君子也扛不住，何況你一個血氣方剛的小伙子，笑道：「行，你要是能忍得住，我無所謂。」

二人各自上了車，左永貴認得路，林東開車跟在他的後面。聽他說那地方是最近才興起來的，很多有錢人都去那地方玩。左永貴熱衷於放縱享樂，林東則不然，不會與沒有感情的女人發生關係，所以根本就不清楚左永貴說的那是個什麼地方。

也不知過了多久，左永貴越開越偏，直奔郊區去了，七拐八拐，把林東帶到了一間廠房前面。二人停好車下來，林東發現這前面已經停了不少好車。

左永貴指著這間廠房，笑道：「林老弟，可別看外面不起眼，內裏可是別有洞天喔。」

林東一笑：「左老板，搞什麼名堂，什麼生意非得在舊工廠裏做？」

「吃喝玩樂，應有盡有。別傻站著了，咱們趕緊進去！」

左永貴說完，嘿嘿一笑，急不可耐的邁步就往裏邊走。

這廢棄工廠裏看不到一個工人，不過門口的守衛卻很森嚴，竟然有四個身著黑色風衣的保安。林東想起剛才來的路上，似乎也看到了幾個暗哨，心想這必定不是個好地方，否則也用不著如此戒備，心裏開始後悔跟左永貴到這兒來了。

一個頭領模樣的保安走了過來，身材高大魁梧，漏在袖子外面的兩隻手寬大厚實，手上青筋突起，看來手上有些力氣。這人和左永貴打了聲招呼：「左爺，您又來啦！」

左永貴從懷裏掏了包煙，揚手扔給他：「你小子又想抽我的好煙了，拿去。」

那人嘿嘿一笑，把煙裝進了袋，朝左永貴身後的林東瞥了一眼，警惕的看著林東，上前攔住了他。

來這裏的人，眉宇間多半有些淫邪之氣，而且大多數都是縱情聲色之輩，所以看上去氣虛體弱。這保安頭子叫李泉，年輕時學過一些看人的本事，一雙眼睛十分毒辣，林東與左永貴一前一後，他馬上就看出來這兩人有太多的不同。

左永貴步伐凌亂，步履輕浮，眉宇之間印堂發黑，雙目無神，一看就是長期縱慾的貨色，而後面的林東則步履穩健，雙目炯炯有神，英氣十足，一眼看去就知道不是經常出入聲色場所的人。

「先生，請留步。」

李泉不敢放林東進去，生怕這人是喬裝打扮的條子，若他真是條子，讓他看到了裏面的東西，可能場子就要關門了。

左永貴轉身怒喝：「李泉，你個王八羔子，我兄弟你也敢攔嗎！」

李泉扭頭陪笑，「左爺，您別誤會，我只是看這位先生眼生，應該是第一次來咱們場子玩，你也知道咱這兒的規矩，還請體諒小弟。」

左永貴道：「怎麼，你懷疑我兄弟是條子？」

李泉不置可否，面帶微笑的看著林東，「先生，按照咱們廠子的規矩，第一次來的客人要搜身，得罪了。」說著，抬手就要往林東身上摸去。

林東面泛冷笑，伸手擋住了李泉的胳膊，冷冷道：「請把你的手拿開。」

「還請不要讓我們下人為難。」李泉仍是面目帶笑，他與林東胳膊接觸的一瞬間，就感受到了對方渾厚的氣力，他學過外家氣功，有心和林東較個高下，於是便暗中使勁。

林東也不怵他，將力氣貫於左臂之中，硬生生扛下了李泉的暗勁。

李泉靠這手外家氣功不知道擊敗了多少硬漢，罕逢敵手，但與林東較量的一剎那，就深知今天遇到了好手。他感覺到林東雄渾的力道，只是不得法門，力氣雖大卻不會集中，即便如此，他也無法將林東立馬拿下，不過他懂得卸勁之道，知道林東的力氣雖大卻不能長久，只好耗上一會兒，敗的肯定是林東。

這廂，林東在心裏連連叫了聲好，想不到能在這個地方遇到個好手，他生出爭鬥之心，催動力氣想要將李泉的胳膊推開，但二人勢均力敵，哪一方想要前進一寸都很困難。

左永貴看到二人表情奇怪，他急著進去玩樂，不耐煩了，怒罵道：「李泉，你狗膽子也太大了吧，還不鬆手！」說著，走了過來，朝李泉的胳膊就踢去一腳。

李泉為了不讓左永貴踢到他，慌忙撤去力道，想要閃身避開，卻被林東狂湧的力道震退幾步，右手隱隱作痛。

左永貴一腳沒踢到李泉，使勁太大。差點害的自己人仰馬翻，幸虧林東及時出手扶住了他，才阻止了一場後腦著地的慘劇發生。

左永貴抓著林東的胳膊，兩隻眼睛瞪的銅鈴般大小，朝李泉喝道：「沒長眼的傢伙，這是咱們蘇城有名的投資公司老闆林總，哪來什麼條子！」

李泉訕訕一笑，朝林東抱了抱拳，「林老闆，剛才得罪了。沒事了，您請進。」

林東點了點頭，和左永貴朝門內走去。

李泉讓手下把門打開，放他們進去，看著林東遠去的背影，心有不甘。他是個爭強好勝的人，尤其是武力方面，但今天卻因為左永貴的攪合而使自己敗得心不服口不服，大為遺憾。心想若是能讓剛才那小子敗在自己面前，那該多爽。

林東走在左永貴旁邊，打量了一下這間工廠，很多廠房都已經破舊的坍塌了，只有中間有一棟看上去頗為堅固，看樣子像是後來修葺過的。想到剛才和李泉的較力，李泉的實力超乎他的想像。一看就是練家子。

左永貴見他出神，笑問道：「林老弟，想什麼呢？」

林東回過神來，笑道：「沒什麼，我在想這地方那麼偏。怎麼會有人來？」

左永貴笑道：「夏威夷遠不遠？每年還不是照樣有那麼多人過去。咱中國有句老話：酒香不怕巷子深，說的正是這個意思。老哥我敢保證，這地方你來過一次，絕對忘不了，下次絕對還想來。」

林東笑了笑，位置可否。

二人走到廠房中間的那棟房子前，林東看到了另一撥人馬。這撥人的素質明顯要比外面李泉那幾人差很多，看上去也就是街頭常見的混混罷了。一般見不得光的地方，最堅固的防禦都在外面，一旦突破了週邊的防禦，裏面基本上就可以長驅直入了。

那幾人見左永貴走了過來，點頭哈腰，一個接一個的叫左爺。

左永貴向來揮金如土，從腋下的皮包裏掏出十來張紅色大鈔，往天上一撒，「搶去吧。」

那幾人頓時如狗見了骨頭似的，一擁而上，開始在地上搶錢。

林東沉默不語，心想難怪陳美玉會那樣評價左永貴，今日一見，果然是個坐吃山空的傢伙，就算是給他金山銀山，也經不住他這樣亂花。

外面寒風刺骨，左永貴帶著林東進了門，室內溫暖如春，空氣中漂浮著脂粉的香氣，散發出一陣陣淫靡的氣息。

林東遊目看了看裏面，偌大的廠房被隔成了許多間，最外面是大堂，往裏走就是一間間的包房。

坐在大廳裏的一個光頭男人大笑著走了過來，脖子上掛著手指粗的金鏈子，十分的耀眼，他就是這兒的頭子雄哥。

「哈哈，左老闆，咱們又見面啦。」雄哥斜眼朝左永貴身旁的林東瞧了一眼，笑問道：「帶新朋友來了，介紹一下嘛。」

左永貴道：「雄哥，這位是林老闆，我的好朋友。」

雄哥上下打量了林東幾眼，在腦子裏搜索了一遍，沒聽說過蘇城有姓林的有錢人。這也難怪，林東是剛剛崛起的人物，而雄哥五年前因為犯了事，所以逃出了蘇城，跑到了東北，在那邊結識了一幫混混，做起了雞頭的生意，但他心裏一直掛念著蘇城這個江南富庶之地，於是便帶著一群兄弟和東北雞回到了蘇城，在這個廢棄的工廠裏做起了生意。

雄哥以為林東是哪位富家公子，巴結討好似的笑道：「林老闆啊，久聞大名，裏邊請。」

左永貴道：「雄哥，晚飯還沒吃，肚子餓了，你給咱弄點東西吃，送到老地方。」

雄哥笑道：「行，二位老闆先進去，地方給你留著呢。」

左永貴帶著林東朝裏面走，在一間包房前停了下來，從身上摸出了一把鑰匙，開了門，請林東入內。

「左老闆，你哪來的鑰匙？」林東驚問道。

左永貴哈哈一笑：「這地方我一個月五萬塊包下來了，林老弟，你先坐會兒，待會兒好戲就上演了。」

剛才在外面的時候，林東就聽到包房裏傳來的淫靡之音，心想這裏多半是個雞窩，左永貴竟在這裏包了間房，心裏對他的印象又差了幾分，說道：「左老闆，我突然想起來我還有事要處理，改天我請你吧，今天我就不陪你玩了。」

左永貴看林東起身要走，趕緊拉住了他，勸道：「老弟，你就算是要走，也等吃過飯再走吧。你吃過了飯，如果還要走，我絕不攔你。」

左永貴的話都說到這種份上了，林東心想若是再執意要走，恐怕會傷了左永貴的臉面，這傢伙把面子看得比命還重，不給他面子，說不定當場就能翻臉，心想就如他所說，吃過飯就走。

左永貴看林東又坐了下來，臉上的表情緩和了下來。

過了不久，就聽到有敲門的聲音，左永貴嘿嘿一笑，朝門口喊道：「進來吧。」轉而對林東笑道：「林老弟，好戲開演了。」

門開了，一陣香風襲來，幾個身著薄紗的妙齡女子嫋嫋而來。

林東當場就震住了，天啊，進來的四個女人真的是只穿了一層薄紗，個個膚白如雪，酥胸高挺，裏面連內衣都沒有，不僅白肉清晰可見，就連胸前的兩點葡萄和小腹下面的黑色三角竟然也盡收眼底！

左永貴瞧林東目瞪口呆的表情，心中暗笑，果然是年輕人，哪能受得了這誘惑。

也不需左永貴開口，四名女子分成兩對，略微豐腴的一對朝左永貴走去，其中一個馬上就坐進了左永貴的懷裏，而另一個則是勾住左永貴的脖子，趴在他的肩膀上，丁香軟舌已伸了出來。

另外兩個較瘦一些的則朝林東走去，她二人對來此的客人都很熟悉，從沒見過林東，知道他是第一次來這裏，需要細心「教導」。她們沒有表現的如旁邊兩名女子那麼放蕩，一個走到了林東身後，主動為他捏肩，另一個則跪在林東身前，為他捶腿。

她們都是久經風月場的老手，看得出林東有些緊張，做的太過火了可能會嚇跑這個「雛兒」，明白當務之急是要林東放鬆下來。

林東何時見過這等香豔場面，就連電腦中存放隱秘的那幾部島國電影也沒眼前的這陣仗令人熱血沸騰。畢竟是熱血青年，一時間只覺渾身發熱，口乾舌燥，下體自然而然的有了反應。

不過好在他理智尚存，馬上站了起來，連聲道：「不好意思二位，我不需要按摩。」

左永貴見他這麼大反應，笑道：「老弟，按個摩嘛，有什麼呢。」

林東生怕自己控制不住，說道：「左老闆，我看我還是走吧。」

左永貴朝那兩妞使了個眼色，二人如乳燕嬌啼一般，一人一邊，將林東的胳膊挽住，軟言軟語的勸林東留下來。

「先生，別那麼早走嘛，我們姐妹又不會吃了你，坐下來，我們繼續為你揉肩捶腿。」

左永貴哈哈笑道：「林老弟啊，我說過了，吃過飯隨你走不走，先坐下，菜馬上就上了。」

左永貴見他仍是站那兒不動，心想看來得來點激將法，笑道：「老弟啊，你幹嘛不敢坐下來？難道是怕自己定力不夠？哈哈，就當一次考驗好了。來，坐下來嘛。」

林東聽他這麼一說，如果自己就這麼走了，恐怕以後他在左永貴心裏就是個慫貨了，心道就當是一次考驗吧，倒要看看自己的耐力有多強，於是便坐了下來。

那兩姐妹繼續為林東揉肩捶腿，林東也就任她們去了，只要是不做的過分，他就不會阻攔。

為林東捶腿的那個女郎有意無意的撫摸林東的大腿內側，她的手掌溫暖而柔軟，就算是隔著褲子，林東也能感受得到那極好的手感，若非想到這女人的身體每一處都曾被不知多少男人撫摸過，他真想也去握在手中把玩一番。

身後為他揉肩的那個女人是個更厲害的角色，她將腰彎了下來，前胸貼在林東的後背上，兩個彈力十足的乳球就貼在林東的背後，時不時的抖動幾下，林東可以感受得到那驚人的彈力。

這令他終於明白對男人而言最大的煎熬是什麼，正是眼前情欲與理智的交戰，也難怪色急會排在人有三急的最前面。

就在他心猿意馬之時，門開了，穿著女僕裝的一個女孩推著餐車走了進來，然後把各式菜肴端到了桌子上。林東看了一眼這個女孩，身段相貌皆很尋常，難怪也只能做個送菜的。

林東緩了口氣，對他前後的兩名女郎說道：「不好意思二位，我要吃飯了，你們先停一停吧。」

他連吃了幾口菜，忽然想到這筷子是雞窩裏的東西，只覺得一陣噁心，對左永貴說了一句，「我去趟洗手間。」丟了筷子，跑進了廁所。

林東心裏一陣陣犯噁心，趴在洗漱台上乾嘔了一陣子，卻是怎麼也嘔不出來。想到這裏的一切都是那麼的汙穢，只覺連空氣都是渾濁的，令人聞之欲嘔，一刻也待不下去，就當他想出去告訴左永貴他馬上就要走的時候，忽然聽到外面傳來一陣陣嘈雜聲，心咯噔一聲，不好的預感佈滿心頭。

他隱隱約約聽到「蹲下」、「雙手抱頭」這些字眼。

「員警來了？」

林東心中暗叫不好，恐怕多半是他想的這樣，心裏恨死左永貴了，在這裏被員警抓去了，就算他跳進黃河也洗不清了。

林東努力使自己鎮靜下來，他明白現在出去也跑不了，倒不如先躲在洗手間裏，說不定員警不會搜查這裏。

外面已經亂成了一團，雄哥的這個窩不僅搞財色交易，而且販賣毒品。蘇城警方抓到了一個運貨的小嘍囉，順藤摸瓜，查到這裏是一個很大的毒品集散基地。警方經過嚴密的部署，決定將雄哥一夥人連窩端了！

為了不驚動雄哥等主要嫌疑犯，警方決定先派幾個先頭部隊解決埋伏在窩點附近的暗哨。由市局刑偵隊的幾個男警員負責裝作是前來消費的老闆，一路上驅車緩行，遇到暗哨就抓上車。事情進展的很順利，警方的先頭部隊成功的解決了四路暗哨。

不過卻在門口發生了一點意外。當他們打算上前制伏看門的那幾個保安的時候，卻發現這四個保安的素質要出乎他們的預料，個個身手不凡。尤其是帶頭的那個大漢。不過最終還是寡不敵眾，看門的四個保安當場被擒住了三個。老大李泉本領過人，打翻了兩名警員，落荒而逃。

門口的動靜驚動了裏面，好在警方早有部署，出動了大批武警，將廢棄工廠四周團團包圍，刑偵隊、掃毒組和掃黃組組成的聯合大隊衝進了窩點，雄哥等人還沒來得及跑就被抓住了。

林東聽到雜亂的腳步聲，繼而就是一聲聲女人的尖叫聲，門一扇扇被踹開，抓獲了不少正在嫖娼賣淫的男女。

砰！

林東聽到自己所在的這間房的門被踹開了。

「雙手抱頭，蹲下，不許動！」

女警冷冰冰的聲音在房間裏響起，傳入了林東的耳中，令他瞬間石化了。

這聲音他再熟悉不過了，是蕭蓉蓉的，她竟然來了！

自年前車內發生的那一次之後，林東再也沒有見過蕭蓉蓉，也沒聽到有關她的任何的資訊，不曾想二人下一次見面居然會是這種場合。

林東是真的慌了，如果在這裏被蕭蓉蓉抓了，那麼他還有什麼面目面對她，即便是他什麼也沒做，也百口莫辯，看來真的是跳進黃河也洗不清了。他什麼都不能做，衝出去是死路一條，只能躲在洗手間裏，祈禱員警不要查到這裏來。

左永貴不是第一次嫖娼被抓了，表現的要比林東冷靜多了，嫖娼又不是犯了大案子，在他看來這最多是去趟警察局，交了罰款就可以出來了。

他見來的幾個員警為首的是一個漂亮的女警，漂亮到令這房間裏的四名身穿薄紗的女郎都黯然失色，笑道：「員警同志，我來吃飯不犯法吧？」

蕭蓉蓉冷冷道：「吃飯？那這四個女人怎麼解釋？」

左永貴道：「嗨，她們都是服務員。」

蕭蓉蓉一瞪眼，「好不老實！有光著身子的服務員嗎？她們提供的是哪種服務？」

左永貴道：「她們不是光著身子，身上穿著紗衣呢。」

蕭蓉蓉懶得和左永貴辯論，手一揮，對身旁的幾名警員道：「都給我銬起來帶走。」

左永貴把手朝前一伸，一副無所謂的樣子。而那四名女郎則是嚇得渾身發抖，她們初到蘇城不久，以前在東北也是做這一行的，不過在那兒關係硬，沒人敢查她們的場子，還從沒進過警局，沒想到來不到三個月就被抓了。

幾名警員把左永貴和四個女郎拷了起來，押著他們往外面走。

林東在裏面聽到他們往外走的腳步聲，鬆了口氣，以為僥倖能夠逃過一劫。

蕭蓉蓉站在房裏沒動，往桌子掃了一眼，看到有兩雙筷子，眉頭一蹙。心道還有個漏網之魚，轉身問左永貴。「和你一起來的那個人哪兒去了？」

左永貴一摸腦袋，裝出一副不明白的樣子道：「我一個人來的，沒有別人。」

蕭蓉蓉冷冷道：「桌上有兩雙筷子，你不會告訴我你一人用兩雙吧。」

左永貴領教到了蕭蓉蓉的厲害，他明白是他帶林東到這兒來的，如果林東被抓，那都是他的責任，心想絕不能讓林東被抓，腦筋一轉，說道：「既然你看出來了，我也不瞞你了。對了，員警同志，我要是說出來了，算我立功的吧？」

蕭蓉蓉不耐煩了，大聲喝道：「少廢話，快說！」

左永貴道：「他趁亂跑了，你們趕緊追，說不定還能抓到。」

「蕭隊，他肯定跑不了，外面都是咱們的人。」一個警員說道。

蕭蓉蓉注意到一個女郎的眼睛時不時朝洗手間偷偷看一眼，想到左永貴的狡詐，根本沒信左永貴的話，走到洗手間的門前，抬腳把門踹開了。

左永貴捂住了臉，心道：「兄弟，別怪老哥無能，要怪就怪這娘們太厲害。」

砰！

蕭蓉蓉看到了洗手間裏的那個人，一時間竟怔住了。

她怎麼也沒想到在裏面的竟然是她魂牽夢縈的那個男人！

為什麼？為什麼他會在這種地方？

第七章

什麼時候開始喜歡

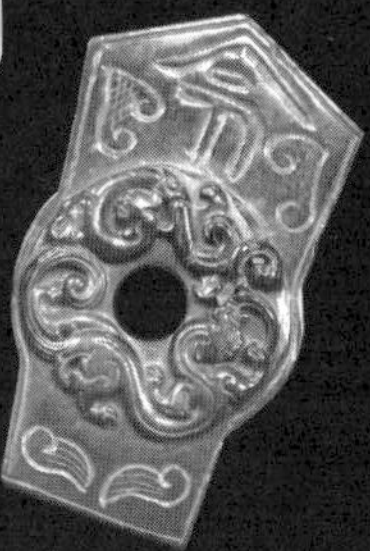

「林東，你，你是從什麼時候開始喜歡我的？」

女人總是很在意這個問題，男人很難肯定從什麼時候喜歡上一個女人的。

感情本來就是不理智的，喜歡上一個人，或者是因為她的一個笑容，或者是因為她的一個回眸，或者是因為她哀傷的表情……

當發現愛上一個人的時候，其實在心裏或許已喜歡她太久了，以至於忘了從什麼時候開始喜歡她的。

蕭蓉蓉聽到了心碎的聲音，她很想哭，可當著下屬的面，她必須得忍住！這是她的工作，她應該拋開私人感情，公事公辦，不管裏面的是誰，都應該帶走！

一名警員見蕭蓉蓉失神，走了過來，往洗手間裏看去，叫道：「啊呀，險些讓你這傢伙漏了網。」他定睛一看，這人怎麼有點熟悉，再一想，天吶，這不是金鼎投資公司的林總嗎！

「林……林總……」

警局裏百分之九十以上的人都在金鼎投資公司有投資，這些人去年賺了很多錢，都很感激林東，將他視作恩人，卻沒想到在這裏看到了他。

林東羞愧難當，感到沒臉見人，真的恨不得挖個洞鑽進去。

小警員不知道該怎麼處理，望著蕭蓉蓉，「蕭隊，怎麼辦？」

蕭蓉蓉面色蒼白，整個人看上去虛弱無力，咬牙道：「帶回去，法辦！」

小警員愣了一下，他有意放林東一馬，心想只要隊長同意，他們這幫人就當沒看見過，以林東在警局裏的好口碑，所有人都會願意幫他的。

「楊朔，你沒聽見嗎？抓他回去！」蕭蓉蓉聲音嘶啞，幾乎是聲嘶力竭的吼道。

小警員渾身一抖，嚇得膽子都快破了，從來沒見過隊長發那麼大的火，走進了洗手間裏，掏出了手銬，對林東說道：「林總，得罪了，這也是沒辦法的事情，您千萬別生我的氣，也別生我們隊長的氣。」

冰冷的手銬銬在了手上，林東只覺兩隻手不像是自己的，一點感覺都沒有，渾渾噩噩的跟在左永貴的身後，視線裏只有蕭蓉蓉瑟瑟發抖的背影。

大廳裏齊刷刷幾十人蹲在地上，有一半是場子裏的人，另一半則是來此尋花問柳或是吸毒的。

這次行動的總指揮是蘇城市局的副局長馬志輝，他是林東金鼎投資公司的大客戶，所以與林東的關係非常不錯。

他見到蕭蓉蓉身後一個戴手銬的男人長得有點像林東，以為是自己眼花了，仔細一瞧，天吶，還真是林東！

馬志輝黑著臉，有些不滿的看著蕭蓉蓉，心道小蕭處理這件事怎麼那麼不靈活，難道她不知道林東與市局的關係嗎？仔細一想又覺得不對，年前林東遭人暗殺的時候，蕭蓉蓉主動要求全天候保護林東，不可能不瞭解林東與市局的關係。

不過就算蕭蓉蓉做的令他不滿意，馬志輝也不敢說什麼，蕭蓉蓉她媽在市局的位置比他高，他爸更是市裏的常委，更別說蕭蓉蓉還有個在公安部任要職的親舅舅。蕭家的人不是他能得罪得起的，馬志輝很清楚這一點。

蕭蓉蓉把人帶到大廳裏，林東和左永貴學著其他人的模樣，蹲了下來。

蕭蓉蓉走到馬志輝的身旁，說道：「局長，人我帶到了，我有點不舒服，想先回去了。」

馬志輝點點頭，「辛苦了小蕭，你回去吧，注意多休息。」

蕭蓉蓉腦中一片空白，根本聽不清馬志輝說什麼，拖著沉重的身軀，一步步朝外面走去。

馬志輝把蕭蓉蓉隊裏的楊朔叫了過來，問道：「怎麼金鼎投資的林總也在裏面，什麼情況？」

楊朔答道：「馬局，好像是……嫖娼，是蕭隊在洗手間裏發現林總的。」

「沒碰毒品什麼的吧？」

嫖娼只是小事，如果只是涉嫌嫖娼，馬志輝睜一隻眼閉一隻眼，賣給人情給林東，也就把他放了，但如果林東碰了毒品，這罪名就大了。

楊朔搖搖頭，「沒有，我們都搜過了，沒找到毒品。」

馬志輝鬆了口氣，「小楊，林總是咱們全局的搖錢樹，你明白我的意思嗎？」

楊朔會意，「馬局，放心，我知道怎麼做了。」

馬志輝滿意的點點頭，這次端窩行動很成功，不僅當場抓獲了雄哥等人，還破獲了一起特大的販毒案件。他是這次行動的策劃者和負責人，肯定會受到上頭的嘉獎，不過讓他最高興的是可以讓林東欠他一個人情。

「收隊吧，把人都帶回去。」

馬志輝對旁邊的員警說了一句，朝林東看了一眼，轉身離開了。

林東眼看著地上蹲著的一個個被帶走了，到最後只剩他一人。

楊朔走到他身前，笑道：「林總，起來吧，咱們走吧。」

林東站了起來，一言不發，跟在楊朔的後面。

楊朔把林東帶進了一輛警車裏，車裏只有他們兩個。浩浩蕩蕩的車隊開始啟程回警局，楊朔開車吊在最後面，故意放緩車速，好與前面的車隊拉開距離。一路上，林東沉默不語，他羞愧難當，只覺顏面盡失，進了警車之後連頭都沒有抬過。

警車忽然停了下來，林東以為是到了警局了，抬頭一看，仍是在荒郊野外。

楊朔轉過身，把林東手上的手銬給開了鎖，笑道：「林總，今天得罪了。」

林東望著他，明白他的意思，「你是要放我走？」

楊朔點點頭，「對，咱們馬局特意吩咐的。」

楊朔口中的「馬局」就是馬志輝，與林東是老相識了，二人交情匪淺，林東清楚馬志輝那麼做的目的，無非是想讓自己念他幾分好。

「這裏是哪裏？」林東朝車窗外看了看，郊外沒有路燈，黑漆漆的一片，也看不清身處何處。

楊朔道：「在回城的路上，林總，我現在掉頭，你的車還在那邊吧，我把你送回去。」

林東點點頭，心裏很感激馬志輝那麼做，否則進了警局，出醜就出大了，留了案底，臉上始終不會太光彩。

楊朔腦筋靈活，好人做到底，一直把林東又送回了廢棄工廠那裏。到了那兒，楊朔把車門拉開請林東下了車，說道：「林總，我還得儘快趕回局裏，話就不多說了。我敢保證。今天這個事情，咱們局裏的人絕對不會傳出去。」

林東仰天長歎，「我要說我是無辜的，你會信嗎？」

楊朔撓撓頭，「林總，不瞞你說，咱們抓到的所有人幾乎都會在第一時間內喊無辜，而我們做員警的也從來不信。」

林東朝他笑笑，問道：「你叫什麼名字？」

「楊朔。」小警員答道。

林東道：「楊警官，你先走，讓人看到咱倆在一起不好。」

楊朔點點頭，轉身進了警車，發動車子走了。

廠區前面的空地上只剩林東一人，曠野之中風聲呼嘯，吹得他風衣獵獵作響。

林東在頭腦裏將今晚的事情回憶了一遍，不知是該哭還是該笑，竟然被蕭蓉蓉親自抓了，以後看來是沒臉再見她了。

正當他準備上車的時候，忽然覺得黑暗之中有道冷光射來，前面似乎有一團黑影晃動了一下，難道這裏還有人？他警惕起來，沉聲道：「暗裏的，出來吧，員警已經走了。」

黑暗之中，一個高大的身影緩緩站了起來。

林東認得這人的身材，就是今晚來時與他暗中較力的李泉！

李泉躲在一輛車後面，剛才林東與楊朔的對話他隱約聽到了，知道林東不是員警，所以當楊朔走了之後，他就放鬆了下來，沒想到一不留神就被林東發現了。

他朝林東走了過來，笑道：「林老闆，是我。」

「難怪剛才沒看見你，厲害啊，能在那麼多員警的手裏逃掉，佩服佩服！」林東對李泉的印象不壞。可以這麼說，他對所有有本事的人第一印象都不壞。

李泉眼珠轉動，警惕的看著四周，確定這附近沒有別的人之後才笑道：「我哪有林老闆厲害，員警抓了你又把你放了，可見你不僅是個人物，還是大人物！」

林東問道：「你還敢回來，怎麼沒跑遠？」

李泉笑道：「最危險的地方也是最安全的地方，這句話林老闆該明白吧？不怕告訴你，我本想盜輛車開走的，哪知還沒來得及動手，你和那個小員警就開車來了，我只能暫緩計畫，躲在車後等著你們離開，哪知卻被你發現了。」

李泉的這份坦誠讓林東動容，笑道：「李泉，我要回城，需不需要我捎你一程？」

李泉面有訝色，「啊？林老闆不怕我連累你嗎？」

林東笑道：「這我還得問清楚，你到底有沒有參與雄哥那夥人的生意？」

李泉面色沉靜，雙目看著林東，「林老闆，我說沒有參與，你會相信嗎？」

林東鄭重點點頭，「我不多問了，上車吧，我把你帶進城裏，接下來就看你的了。如果你真的沒做壞事，我建議你去自首。」

李泉一言不發的跟在林東身後，二人上了車。當林東的大奔離開廢棄工廠的時候，李泉長長的出了口氣。

「怎麼了，有心事？」林東笑問道。

李泉歎道：「我欠雄哥一份人情，否則我也不會來幫他看場子。」

林東道：「如果你把我當朋友就說說吧，我樂意傾聽。」

李泉道：「我李泉平生好交朋友，林老闆，如果你不嫌我沒錢沒勢，我樂意交你這個朋友。」

林東伸出手，笑道：「咱們握個手，以後就算是好朋友了。」

李泉激動的無法言語，雙手握住林東的右手，久久不放開。

「李泉，你這樣我可沒法開車了。」林東笑道。

李泉這才鬆開了口，這大老爺們原來那麼容易激動，眼睛裏滿含淚花。

過了一會兒，李泉控制好情緒，說道：「早些年我跟一個武功高強的老前輩學過幾年武術，退伍之後，我回到老家東北，在那兒開了個武館。林老闆應該知道東北民風尚武，所以生意一開始就很紅火。那時候我們整個市只有我一家武館，想學武的都得到我那去，後來有人看到有利可圖，就在我對面也開了一家武館，與我打起了擂台。因為名聲在外，大多數人還是願意到我這邊來學，對手明裏鬥不過我，只能使陰招。一天夜裏，我和朋友喝了酒，開車回家的路上，一群人把我劫了。有十幾個人，手裏都拿著傢伙。

「我下車就和他們鬥了起來，因為喝了酒的緣故，腳步輕浮，十層功力剩下不到六成，很快背上就挨了幾刀。他們人多，我打不過，十幾分鐘過後我就被他們按在了地上。帶頭的那個人說要剁了我的手腳，讓我以後沒法教人武術，就在這個時候，雄哥和他的一幫兄弟路過。

「雄哥經常去我的武館裏練拳，與我有些交情，看到我被人按在地上，二話不說，招呼他的兄弟就上來幫忙。兩幫人混戰了起來，最後雄哥左臂也挨了一刀，口子很深，肉都翻出來了，一隻胳膊險些就被卸下來了。

「那幫人也沒討到便宜，有幾人也是頭破血流。帶頭知道形勢不妙，於是就帶人跑了。雄哥和他的手下把我送到醫院，因為失血過多，我足足在醫院躺了一個月才出院。

「這期間，雄哥為了防止我的對頭派人來醫院補刀，一直派手下二十四小時的守在我的病房外面。我李泉是個把情義看著比天還大的人，只要能報雄哥的救命之恩，讓我豁出命去也無所謂。

「我的對頭來頭不小。是我們市副市長的小舅子，他見武館賺不到錢，又沒能把握幹掉，於是請他姐夫幫忙，讓工商部門以莫須有的理由把我的武館查封了。我出院之後就跟著雄哥，雄哥說要為我報仇，當時我只當他是開玩笑的，哪知一年之後，忽然聽到副市長的小舅子得了愛滋病死了的消息。

「雄哥告訴我，一切都是他設的局。他從外地找來一個長相漂亮的妓女，那妓女身上帶有愛滋病毒，讓她經常出入副市長小舅子經常光顧的酒吧，設法引他上床。那傢伙本來就是個色鬼，那妓女沒怎麼費力氣就把他勾引上了床。過了大半年，那傢伙發現自己動不動就感冒流鼻涕，抵抗力下降，去醫院一查，發現是染上了愛滋病毒，整個人都崩潰了！幾個月後選擇跳樓自殺了。

「雄哥告訴我，既然我做了他的兄弟，他就不能讓自己的兄弟受人欺負，不僅要為我報仇，而且要變本加厲的討回來！我聽了之後一方面很感動，一方面卻覺得雄哥做的太過火了，沒必要把人弄死。

「後來我隨雄哥來到了蘇城，以前他在東北不做毒品的，後來到了蘇城，不知他從哪兒弄到的貨，開始在場子裏散貨，不僅如此，還讓手下的小弟帶到市裏的娛樂場所散貨。我知道他碰毒品之後勸他不要做，雄哥早已利慾薰心，根本不聽我的，一氣之下把我從場子裏踢了出去，派我到大門口守門，讓我眼不見為淨。」

李泉說完，連連歎氣，他知道販毒賣毒的罪名有多大，知道雄哥這一進去應該這輩子都沒機會再出來了。

林東道：「李泉，你知道雄哥販毒而知情不報，這罪名可不小啊。是選擇逃亡還是自首，你自己拿主意吧。」

李泉道：「沒有什麼比自由更可貴的了，我不會去自首。我打算從雲南出境去緬甸，我在那兒有朋友，到了緬甸，就不必提心吊膽過日子了。」

李泉此次一去，就要踏上逃亡之路，也不知此後還有沒有再見面的時候。

「既然你已做了決定，李泉，我不會干涉你的決定，祝你好運。」林東道。

李泉哈哈笑道：「林老闆，不必那麼傷感，說不定咱們什麼時候又遇上了。對了，林老闆，恕我多嘴問一句，你可曾學過功夫？」

林東笑道：「我就是普通人，半天功夫也沒學過。」

李泉大為不解：「晚上我與你較勁的時候，分明感覺到你的力量渾厚異於常人，而且氣息綿長，這都是學武之人特有的啊。」

林東道：「李泉，我真的沒騙你，一天功夫都沒學過。」

李泉微微一笑，「有些人天賦異稟，或許林老闆你就是那類人吧。不過可惜了，如果你肯花心思學習功夫，一定能有大造詣。」

隨後，林東和李泉聊了一些輕鬆的話題，多半是李泉在說，林東在聽。

快進城的時候，李泉開口道：「林老闆，你就在這兒放我下去吧。進了城員警就多了，他們正在找我，被人看見我跟你在一起，可能會給你帶來麻煩。我這人一向不喜歡給朋友惹麻煩，只喜歡替朋友解決麻煩。」

林東停下了車：「李泉，這一別再見面不知是什麼時候，我幫不了你什麼，祝你好運。對了，需要錢嗎？」

李泉搖搖頭，「多謝你的好意，錢我不需要。我就算身無分文也不會餓死，放心吧。」

林東與他握了握手，李泉推門下車，很快就消失在了路邊的樹林之中。

林東還沒到家，就接到了左永貴的電話。

「林老弟，後來沒見到你人，你去哪兒了？」左永貴心想既然林東的電話能打通，那就證明他不在警局，看來已經出來了。

林東沒跟他說實話，「我已經出來了，左老闆，我有點累了，改天再聊吧。」

左永貴心裏其實很慚愧，覺得很對不起林東，若不是他硬拉著林東去那裏，也不會弄得林東進局子，道：「林老弟，今天這事是我不對，改天我設宴請你，一定賞臉，別生老哥的氣。」

林東道：「左老闆，我是把你當朋友看待的，從朋友的角度勸你一句，聲色犬馬，追不得！」

左永貴道：「多謝善言，一定謹記！」

掛了電話，林東已進了區，到了樓底，看到有輛警車停在樓下，心想不會是來抓我的吧？

他下車一看，車裏沒有人，也沒多想就進了電梯，等到電梯門開了，他走到家門口，卻看到蕭蓉蓉站在他家門前。

「蓉……蕭警官，你怎麼來了？」

他習慣性的想稱呼對方為「蓉蓉」，卻怕惹得蕭蓉蓉生氣，話到嘴邊改了口。

蕭蓉蓉面色蒼白，雪白的膚色上掛著兩道淚痕，淚水還未乾透，冷眼看著林東，秀美的雙目之中愛憎糾纏，神色複雜。

林東看到蕭蓉蓉哭得紅腫的雙目，心口驀地一疼，很想將她擁入懷中，但這只是他的想法罷了，不能再傷害這個女人了。

開了門，林東道：「蕭警官，進來坐坐吧，外面太冷了。」

蕭蓉蓉一言不發的進了林東的家。站在客廳裏一動也不動。林東給她倒了一杯水，端到她面前，道：「你喝杯水吧。」

「啊——」

蕭蓉蓉一抬手，把林東手裏的杯子打飛了出去，滾燙的熱水全部灑在了他的手上，燙得林東吃痛叫了一聲，一隻手頓時變得通紅。

蕭蓉蓉臉色一變，幾乎是下意識的握住了林東的手，關切之情溢於言表。

「蓉蓉，只要你不生氣，我沒了一隻手也心甘情願。」林東抓住蕭蓉蓉的手，二人四目相對。

蕭蓉蓉的淚水不可自抑，從眼眶裏流了下來，如一串串珍珠墜落，一隻手猛烈的捶擊林東的胸膛，失聲痛哭起來。

林東任她捶打了一會兒，把蕭蓉蓉拉進了懷裏，緊緊擁住。

兩個人誰也沒有話，蕭蓉蓉在林東懷裏抽泣，嬌軀一抖一抖。

也不知過了多久，蕭蓉蓉終於止住了哭聲。

林東知道自己有必要跟她說明一切，道：「蓉蓉，今晚的事情我要向你解釋一下，我是被朋友拖到那裏去的，以前根本不知道還有這樣的地方，我只想說我不是去嫖娼的，在那裏我什麼都沒做。」

蕭蓉蓉道：「如果你做了，我也不會來找你了。」

林東不解，問道：「那你怎麼知道我沒做？」

蕭蓉蓉道：「我回去審過了在你包房裏的幾個女的，是她們告訴我的。她們說你一直想走，但是你朋友不讓，非拉著你吃完飯再走。」

林東歎道：「蓉蓉，既然你信我了，我就不必多費口舌解釋了。今晚所有人，我都不在乎他們怎麼看我，唯獨害怕你會以為我是那種人。」

他扶著蕭蓉蓉在客廳裏的沙發坐了下來，蕭蓉蓉靠在他的肩上，情緒穩定了很多。林東從未見過她如此溫順過，一時間竟有些不適應。

「為什麼不聯繫我？」蕭蓉蓉空靈的聲音在安靜的客廳中傳了開來。

「我怕你恨我，怕會傷害你。」林東歎道。

蕭蓉蓉使勁在他腿上掐了一把，疼得林東齜牙咧嘴，「你知不知道你不聯繫我不關心我，才是對我最大的傷害啊！」

「蓉蓉，你跟我在一起沒有結果的，我給不了你名份，你知道嗎？」林東不願再多欠一份情債，明明知道蕭蓉蓉此刻正傷心難過，為了不讓她心生希望，只能說出這般絕情的話。

蕭蓉蓉抬起頭，表情倔強的看著他，「林東，我什麼時候向你要過名份了？我只想與你在一起，這對我而言就足夠了，你又知道嗎？」

林東迎著她的目光，「可是你總得嫁人，我不可能太自私，要你一輩子做一個見不得光無名無份的女人！」

蕭蓉蓉沉默了，她感受得到林東對她的愛，一直以來，她都在彷徨不安中度日，她不確定林東是否愛她，直到今天，才明白這個男人不是不愛她，而是太愛她了，所以才會設身處地的為她考慮。

「林東，我覺得好煎熬，你佔據我的整顆心，以至於我心裏再也容不下別人，你已經很殘忍，很自私，很霸道了。你不能就這樣丟棄我不管。」

林東歎了口氣，「蓉蓉，你要我怎麼管你啊！」

蕭蓉蓉拉著林東的手，看著他的眼睛，目光火熱，充滿著期待，「我請你不要有那麼多的責任心，什麼都不要想，陪我一直往前走，好不好？」

「蓉蓉，你想好了嗎？」林東溫柔的看著她，對於這段感情，他的內心何嘗不是糾結痛苦，如今蕭蓉蓉不顧一切的來找他，才發現自己的心腸根本沒有想像中的那麼硬，在將蕭蓉蓉擁入懷中的那一剎那，所有的防禦壁壘全都已土崩瓦解了。

蕭蓉蓉沒有用語言來答覆他，撲進了林東懷裏，摟住了他的脖子，奉上了狂熱的吻。

林東自以為的自制力全無抵抗之力，他緊緊抱住蕭蓉蓉，迎接她熱情如火的吻。二人的體溫在急劇上升，林東的手不安分起來，他開始發起主動進攻，翻身把蕭蓉蓉按在了沙發上面，手法嫺熟，迅速的解開了她風衣的鈕扣。蕭蓉蓉閉著眼睛，開始享受男人帶給她的快樂。

激情結束的時候，兩個人已將戰場從沙發上轉移到了床上。蕭蓉蓉躺在林東的臂彎裏，全身香汗淋漓，就連貼在臉上的頭髮都是潮濕的。這一刻，她的腦中是安寧的，什麼也不去想，感覺整個人都輕飄飄的。

「林東，你，你是從什麼時候開始喜歡我的？」

女人總是很在意這個問題，而男人卻一直都很難肯定從什麼時候喜歡上一個女人的。

感情本來就是不理智的，喜歡上一個人，或者是因為她的一個笑容，或者是因為她的一個回眸，或者是因為她哀傷的表情……

當發現愛上一個人的時候，其實在心裏或許已喜歡她太久了，以至於忘了從什麼時候開始喜歡她的。

「蓉蓉，我真的不知道什麼時候開始喜歡你的。」林東如實的回答。

蕭蓉蓉又問道：「我們第一次見面是在相約酒吧，後來我才知道你是李庭松大學時候的室友，你告訴我，那次見面究竟是巧合，還是你故意安排？」

林東笑道：「你既然心裏已經知道了，為什麼還要問我呢。」

蕭蓉蓉道：「你快說，不然我就掐你。」

林東立馬投降，「姑奶奶，你們員警還真是暴力，我的後背剛才被你抓的估計都流血了，現在還在疼呢，你又要掐我。饒命吧，我全招了。其實那次是故意的，庭松說你每週五都會去那間酒吧，會坐那個位置。」

「他為什麼會告訴你這些？」蕭蓉蓉敏感的找到了問題的關鍵。

林東道：「我說出來你可別生氣，庭松是感到跟你在一起有壓力，不快樂，所以希望你能移情別戀，所以我……」

林東的話還未完。手臂上就結結實實的被蕭蓉蓉掐了一把，疼得他五官都扭曲了，若不是害怕打擾了入睡的鄰居，他真恨不得放聲大叫。

「哼，你這隻披著羊皮的狼，原來你對我早就心懷不軌了。」蕭蓉蓉故作生氣的道。

林東笑道：「蓉蓉，這其實就是緣分，如果不是這樣，茫茫人海，我們或許一輩子都不會見到彼此。」

蕭蓉蓉歎道：「我寧願不要這段緣分，都是認識了你這個害人精，害得我欲罷不能，泥足深陷，無法自拔，我真是恨死你了。」

林東翻身下了床，將赤條條躺在床上的蕭蓉蓉攔腰抱起，「蓉蓉，咱們去洗個鴛鴦浴吧。」

蕭蓉蓉把頭埋在他結實的胸膛裏，羞得耳朵根都紅了。

第八章 耀武揚威

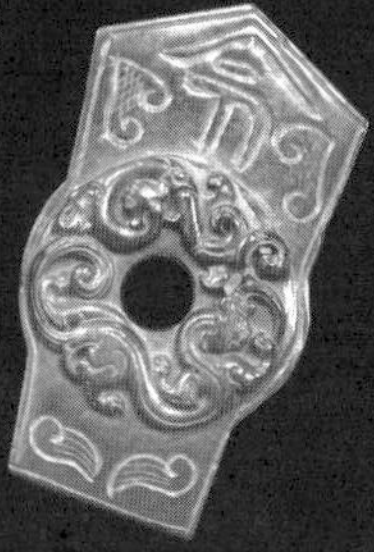

林東打開請柬一看，才明白金河谷是向他耀武揚威來的。
金家宣佈成立金氏集團，旗下除了玉石生意之外，
新成立了一個金氏地產公司。
送這張請柬來的目的，
就是請林東去參加金氏地產成立的慶祝酒宴。

第二天一早，蕭蓉蓉就醒了，想起昨夜的瘋狂，不禁霞飛雙頰。

林東聽到身旁有動靜，睜眼一看，蕭蓉蓉正在穿內衣，如瓷器般白嫩的肌膚暴露在他眼前，忍不住又產生了衝動。

「蓉蓉……」

他摟住蕭蓉蓉，含住了她的耳垂。蕭蓉蓉被他弄了一會兒，全身酥麻，已不能自禁的嬌吟起來。

「不行，我上班快遲到了。」

最後關頭，蕭蓉蓉阻止了林東的動作，「衣服都被你弄髒了，我要回家先換套衣服。東，對不起，現在不能給你了，你不會怪我吧？」

自從把身心交給林東之後，蕭蓉蓉就像是變了一個人似的，她開始在意林東的感受，說話細聲細語，完全與平時冷冰冰的蕭警官判若兩人。

林東深吸了口氣，克制住情慾，道：「傻瓜，我怎麼會怪你呢，我來幫你穿衣服吧。」說著拿起蕭蓉蓉的胸兜，順手在她高挺的酥胸上摸了一把，問道：「蓉蓉，繫第幾個扣？」

蕭蓉蓉嚶嚀一聲，自昨晚的放縱之後，她發現身體裏似乎有某種因子覺醒了，整個身體變得極為敏感，就連林東的手掌從她背上撫摸過，也會帶給她顫慄酥麻的感覺。

「中間那個扣子。」

她坐在床上，由林東為她穿上衣服。

臨走之前，蕭蓉蓉低頭輕聲的說了一句，「東，如果你想我了，就告訴我，我會去找你的。」她的語速很快，聲音又輕，林東根本沒聽清楚，想問問她究竟說了什麼，蕭蓉蓉已經出了門。

林東以為蕭蓉蓉剛才說了什麼要緊事，於是便拿起電話給她發了一條簡訊：「蓉蓉，你剛才臨行前說什麼了？」

蕭蓉蓉剛進了車就收到了他的簡訊，回了過去：「你這個壞蛋，非得要人家說出來，想我了就找我，知道了沒？」

林東看著簡訊，心中一片溫暖，只是從此之後，他的感情問題將更加複雜了，高倩、柳枝兒、楊玲，還有剛加入的蕭蓉蓉，他將如何在四個女人之間周旋？他自嘲似的笑了笑，心想不知還會不會有其他女人攪合進來。

蕭蓉蓉開車回到家裏，她昨晚一夜未歸，到家之後，蕭母肯定會問她去哪裏了，在路上時已經想好了辭。母親是公安局的領導，當然不能是去執行任務了。

果然，一進門蕭母就問道：「蓉蓉，昨晚怎麼沒回家啊？」

蕭蓉蓉道：「媽，昨晚局裏破了大案子，我也參與了。行動結束之後，大夥嚷嚷著要去吃飯唱歌，我也去了。」

蕭母朝她臉上看了一眼，笑道：「噢，原來是破大案子了，難怪你一夜未睡也沒見怎麼疲憊，臉上竟然還是紅潤潤的。來，吃早飯吧。」

蕭蓉蓉回房換了衣服，對著鏡子看了看，原來臉色真的很好，心想難道這就是被男人滋潤的結果嗎？

想到這裏，不禁想起昨晚顛鸞倒鳳的瘋狂場景來，面皮微熱，臉色更加紅潤了，趕緊揉揉臉，強迫自己想別的事情，等到臉色恢復了正常，這才走出房間，去吃蕭母準備好的早餐。

蕭母見女兒吃得那麼開心，笑道：「蓉蓉啊，前一陣子你一直心情不好，看來還是要多跟朋友們出去玩玩，媽看你今天的心情似乎好很多了。」

蕭蓉蓉道：「媽，我知道了，你放心吧，你先去上班吧。」

蕭母道：「昨晚瘋了一晚上，要不你就在家睡一覺，局裏那邊你不用擔心。」

蕭蓉蓉直搖頭，「這可不行！如果我媽不是公安局局長，我倒是很可能在家睡一覺再去，但正因為你是局長，所以我得好好表現，不能讓別人挑出毛病來。」

蕭母心疼這個懂事的女兒，摸了摸蕭蓉蓉的頭，上班去了。

蕭蓉蓉在家裏吃過早飯，心情愉快的出了門。

蕭蓉蓉走後，林東又瞇眼睡著了，哪知這一睡就到了中午。他還沒出門，就接到了馬志輝的電話。

林東開口說道：「馬局長，昨天的事情多謝你了。」

馬志輝歎道：「哎呀，後來一審我們才知道，林總你根本就不是去那地方做那事的。那幾個女孩都說你是去吃飯的，而且拒絕了她們的服務。唉，當時情況太複雜，因為害怕有漏網之魚，所以行動之前我就下令不論好壞，一律先抓起來。林總，老馬誠心跟你說聲對不起。」

林東笑道：「馬局長無須自責，要怪我也只能怪我自個兒流年不利，第一次和朋友一起去那裏就被你們抓個現行。不過我得為自己辯解一句，去之前我真不知道那裏有那些勾當，否則我肯定是不會去的。」

馬志輝道：「一切都調查清楚了，大家都知道林總你是冤枉的。如果那裏真的只是個雞窩，倒不至於驚動市局出動那麼多的警力，就是知道那裏是個毒品集散點，才有了這個行動。」

林東笑道：「馬局，恭喜你破了大案子，看來榮升在即啊。」

馬志輝哈哈一笑，「嗨，老馬我都五十好幾的人了，不會再升了，一心只想能多賺點錢，退休後能有能力做點自己喜歡做的事情。」

林東笑道：「馬局，你就放心吧。你把錢放在我這兒，包你願望實現。」

馬志輝道：「那是自然，你可能還不知道，市局裏大夥私下裏都叫你『財神爺』呢。」

林東聞言一笑，沒什麼比得到那麼多人的肯定更令人開心的了，這讓他覺得自己做的事情很有意義。

還有三天就要去京城了，林東打算下午去溪州市一趟。把那邊的事情交代一下。

在家裏煮了麵條，正在吃飯的時候接到了一個電話。看號碼是老家懷城那邊打來的。

電話接通之後，就聽到了柳大海的笑聲，「東子啊，我是你大海叔啊。」

林東道：「大海叔，怎麼啦，有事嗎？」

柳大海笑道：「東子，沒啥事，就是跟你彙報一下雙妖河造橋工程的情況。開春了，馬上就能動工了，需要的材料我和你爸兩人都給買好了。東子，有件事我和村民們商量了一下，大傢伙都很感激你捐款造橋，都希望你能在奠基的時候回來一趟。鎮裏的領導聽說這個消息，要把你樹立成回報家鄉的典型呢，說如果你能回來，到時候就把縣裏的報社和電視台的記者都叫過來，作一篇專題報導，弘揚你的優秀事蹟和奉獻精神。」

林東皺了皺眉頭，心想這事多半是柳大海搞出來的，不過柳大海怎麼說也是長輩，還是柳枝兒的親爹，就相當於是他的岳父，只能壓住火氣，說道：「大海叔，我捐款根本就沒想過要出名，咱們為村裏做點好事，沒必要弄得沸沸揚揚的。最近這邊事情也比較忙，我估計也走不開。大海叔，奠基典禮的事情就由你代我跟村裏人說幾句話吧。」

聽到林東說不回來，柳大海心裏有些失望。這些事的發起人就是他自己，他以為林東不會無緣無故的捐那麼多錢，於是便揣測林東的心思，想到他可能是為了出名，於是就報到了鎮裏，鎮裏劉書記一聽，有心巴結林東，就說要請報社和電視台過來。

柳大海心想這是件好事，到時候不僅林東非常有面子，他也能跟著露臉。在柳林莊這個強人心裏，這輩子如果能上電視，那就算是無愧於祖宗，光宗耀祖了。他滿心希望林東能回來，也自認為摸透了林東心思，沒想到卻碰了一鼻子灰，不過他柳大海並不是一個容易退縮的人。

「東子，叔知道你事情忙，你看你平時也難得回來一趟，你爸你媽嘴上不說，其實心裏都很想你經常能回來。這次你要是能回來，一來不僅能看看你爸你媽，二來你在全縣老百姓面前出了名，你爸你媽臉上也有光不是，走到哪裏別人都會尊敬他們，豎大拇指誇他們養了個好兒子。」

林東不得不承認柳大海長了一張利嘴，經他這麼一說，他還真是有點想回去的心思，說道：「大海叔，我暫時不確定能回去，得看有沒有時間，你把奠基的時間告訴我，我儘量擠出時間回去。」

柳大海心中狂喜，笑道：「家裏這邊天還冷，不適宜動工，最早估計也得一月之後。具體日子還沒定下來。等我和你爸商量好了，我馬上通知你，好讓你有時間安排一下工作。」

林東道：「你和嬸嬸的身體都好吧？」

柳大海道：「好著呢，能吃能喝，沒事。對了，枝兒在那邊怎麼樣？這孩子一天到晚說忙，出去之後也沒打幾次電話回來，我和你嬸子都很惦記她。」

林東說道：「大海叔，你們在家放寬心，枝兒挺好的，她找了一份工作，所以比較忙。」

柳大海道：「其實也沒什麼不放心的，她跟著你出去，我們都知道你會好好照顧她的。東子，枝兒就託付給你了，別讓她在外面受委屈。」

「一定不會，大海叔你就放心吧。」林東說道。

林東和柳大海聊了一會兒村裏的事情就掛了電話，一個電話打完，碗裏的麵條都快涼了，狼吞虎嚥的把麵條吃完，洗了鍋碗就出了門，開車往溪州市的方向去了，還沒到地方，高倩發簡訊來說還要在京城待一段時間，她要組建一支最好的運作團隊。

林東給她回了一條簡訊，說過不了幾天也要去京城，如果到時候她還在的話，就去找她。

高倩說既然這樣，她一定會等到林東來了才回去，到時候兩個人一塊去爬長城。

到了溪州市，林東剛進辦公室坐下不久，就見周雲平走了進來，手裏拿著一張紅色的請柬。

林東笑問道：「小周，怎麼，請我喝喜酒啊？」

周雲平搖頭笑道：「林總，你就別開我玩笑了，我哪有什麼喜事，這張請柬是昨天金氏玉石行的金總經理派人送來的。」

「金氏玉石行？」林東眉頭一皺，沉吟道：「金河谷請我幹嘛？」

周雲平把請柬放在了他的桌子上，說道：「林總，你一看便知，我出去忙了。對了，特別行動小組的人選我已經在物色了，相信很快就能組建出一支精英團隊。」

林東笑道：「你辦事我放心。」

周雲平微微一笑，被老闆誇獎的感覺雖然感受過很多次了，但每次都還是那麼的令他舒心，帶著這樣的心情工作，效率自然會很高。

林東打開請柬一看，才明白金河谷是向他耀武揚威來的。金家宣佈成立金氏集團，旗下除了玉石生意之外，新成立了一個金氏地產公司。送這張請柬來的目的，就是請林東去參加金氏地產成立的慶祝酒宴。

林東笑著把請柬扔在了一邊，這個金河谷，擺明了就是要跟他對著幹，竟然放棄了蘇城，將旗下地產公司的總部選在了溪州市。上次被金河谷搶先一步奪了蘇城國際教育園的那塊可說是聚寶盆的賺錢寶地，這次又將地產公司落戶溪州市，看來解決了汪海和萬源這兩個大麻煩之後，金河谷必然成為他新的大麻煩。

慶祝酒會就設在今晚，林東想了一下，既然金河谷請了，他自然應該大大方方的去參加。

按了一下桌上的電話，林東對外面的周雲平說道：「小周，把任高凱叫到我辦公室來。」

「好的。老闆。」

任高凱正在巡視北郊的樓盤，接到周雲平的電話，知道林東要見他，於是就馬上往回趕。他腳上穿著膠靴，頭上戴著安全帽。手下人見他這身打扮就往車裏鑽，好意提醒道：「老大，你的鞋子和帽子要不要換下來？」

任高凱瞪了他一眼，「你懂個屁，蠢貨！」

那人一臉無辜，不明白為什麼自己善意提醒他卻遭來一頓臭罵，心裏很是委屈，看著任高凱的車遠去，嘴裏罵聲不絕。

任高凱是個非常懂得作秀的人，他就是要穿著這一身去見林東，要老闆知道他工作有多盡心盡責，親自下工地。開車到了金鼎大廈，任高凱進了大廈，膠靴踩在地磚上的聲音十分奇怪，引來不少側目回頭觀看的員工。

到了林東辦公室的門前，周雲平見他穿成這樣，笑道：「任部長，剛從工地上回來啊？」

任高凱氣喘呼呼的說道：「是啊，見完林總還得立馬趕回工地，好多事等著我處理。也怪我不放心放手讓下面的人做事，凡事都要親力親為。」

周雲平微微一笑，不客氣的說道：「任部長，沒這麼誇自己的。」

任高凱嘿嘿一笑，敲了敲林東辦公室的門。

「請進。」

林東在裏面聽到了任高凱的聲音。

任高凱推門入內，笑問道：「林總，你有什麼事吩咐我做的？」

林東笑道：「老任，沒什麼重要的事情，工地那邊怎麼樣了？」

任高凱說道：「哎呀，停工太久了，遍地都是雜草，我帶著下面人今天正忙著把工地收拾一下呢。」

林東點點頭。「那地方我去過，的確是雜草叢生。老任，上次我跟你說的裝修工人的事情，他們都是我老家的鄉親，近兩天可能就到了。你要儘快解決他們的住宿和飲食問題。」

任高凱不解的問道：「林總，難道他們不住工地嗎？」

在他印象裏，那幫卑賤的農民工就像野草的種子一樣，隨便撒在那裏都能生存，但從林東的話裏來看，似乎要給他們創造些好的條件。這太不可思議了，哪有老闆不心疼錢而心疼農民工的！

林東笑道：「不是，他們當然還是住工地，我是說讓你在住宿的條件和伙食方面給他們提高些。工地潮濕陰冷，工人們鋪張席子就睡在地上，對身體不好的。」

任高凱明白了林東的意思，說道：「林總，我會找些木板和稻草之類的東西讓他們墊在下面，其他的真的沒法多做了。其實這樣做，他們也不會感激你，倒不如一天多發他們五塊錢來得實在。至於伙食方面，我保證餐餐都有肉。」

林東微微一笑，「你的提議不錯，但是讓他們住得舒服一些，晚上休息得好，白天幹活也會比較快，有利於縮短工期。對了，汽車站離北郊很遠，他們一幫子人過來不方便，你聯繫一下公車公司，包兩三輛車，等他們到了，開車接他們去工地，都是我老家的鄉親，不能怠慢了。」

任高凱笑道：「林總，你這樣的老闆我還是第一次見，有人情味。還有別的吩咐嗎？」

林東說道：「就這些了，你去忙吧。」

任高凱笑道：「林總，那我去了。」起身離開了林東的辦公室。

下午四點多鐘，吳老大和胖墩一前一後給林東打來了電話，都是打電話來告訴林東車票已經買好了的事情。吳老大的老家就在懷城邊上，從他家泗縣到溪州市與從懷城到溪州市是差不多的距離，正好他倆說的發車時間很接近，前後差了不到十分鐘，林東估計也是差不多時間到車站。

任高凱剛走，林東就讓周雲平通知任高凱，說工友們明天就到，讓他儘快落實剛才談的事情。周雲平立馬就給任高凱打了電話，告訴了他工人們到車站的大概時間。這是林東親自吩咐下來的事情，任高凱豈敢怠慢，時間緊迫，於是立馬就著手佈置。他知道明天將要到的都是老闆的家鄉人，靈機一動，決定明晚搞幾桌簡單的酒席，算是為那幫農民工接風洗塵，這樣他們高興了，老闆在家鄉人面前也倍有面子，肯定能讓老闆開心。

任高凱驅車到了工地，派了一個手下去公車公司包車，然後又派人去把以前負責給工地做飯的找來。

林東下午都在辦公室處理公司的事情，到了快下班的時候，周雲平進了裏間的辦公室。

「老闆，晚上七點半你有個酒宴，去不去？」

林東笑道：「去，當然要給金大少面子，上次我們更名典禮沒請他他都來了，這次他送請柬來請我，我肯定要去的。」

周雲平笑道：「那我為您準備禮服去。」

林東擺擺手，「不必，那衣服穿在身上不舒服，我就穿身上的衣服去。」

周雲平退了出去。

慶祝酒會要七點半才開始，林東五點鐘就離開了公司，他不放心柳枝兒，知道她肯定還在三國城上班，於是就開車去了三國城，也沒有告訴柳枝兒，只想一聲不響的在暗地裏看看柳枝兒是否工作的開心。

上一次是晚上來，所以林東有了進迷宮的感覺，這次要好很多。他向路人打聽了一下柳枝兒所在的劇組的所在方位，沒走多遠就找到了片場。一場戲剛好拍完，柳枝兒正和劇務組的同事們在忙著收拾東西。林東遠遠的看到她和同事們有說有笑，心想自己的擔心是多餘的，只要柳枝兒能工作的開心，就應當支持她，而不是像養一隻金絲雀一樣把她囚禁在牢籠裏，令她失去享受自由的快樂。

林東看到柳枝兒時不時的朝西南方向看去，他隨著柳枝兒的目光看去，發現那個方位裏坐了許多俊男靚女，看樣子都是明星，有一兩個還是經常在電視裏看到的。

林東從側面看到了柳枝兒的表情，是那麼的憧憬與嚮往，想起小的時候，他與柳枝兒從小學到高中都在一個班級裏，柳枝兒一直都擔任班裏的文藝委員，能歌善舞。

初中三年，學校每學期每個班級都要組織一場文藝匯演，柳枝兒不僅是班裏文藝節目的組織策劃人，還積極參加演出。她參演的話劇每年都能獲得全校師生的一致讚譽。

「枝兒的心裏一定是有個當演員的夢。」

林東看著柳枝兒癡迷的神情，心裏頓時有一種幫柳枝兒圓夢的衝動，但一想到現在娛樂圈的渾濁不堪，害怕柳枝兒掉進這個大染缸而失去了純真，心裏的衝動立馬就消失了。他轉身朝外面走去，離開了三國城。

金河谷把金氏地產公司成立的慶祝酒會安排在溪州市最好的酒店凱特大酒店，凱特大酒店還遠在市區，林東看了下時間已經六點多了，從三國城到市區差不多就要一個小時，於是就驅車直奔凱特大酒店去了。

正逢下班高峰期，進市區的路有些堵，到了凱特大酒店，老遠就看到了金河谷站在門口迎接賓客。他掃了一眼停在門口的車子，有不少都是蘇城的牌照，看來今晚說不定還能見到不少老熟人。

金河谷遠遠瞧見林東從車裏下來，朝著他微微一冷笑。

林東下車朝酒店門口走去，離金河谷還有幾步遠，就伸出了手，滿臉笑容，「金大少，恭喜啊！」

金河谷雙手握住林東的手，暗中發力，這一次他又低估了林東的實力，就算是他兩隻手發力，仍不是林東的對手。對面的林東含笑而立，而金河谷卻已經是額頭冒汗了。

「金大少抓住我的手不放，那麼熱情的迎接我，林東受寵若驚啊！」林東笑道。

金河谷暗中叫苦不迭，明明現在是他讓林東握得抽不開手，這傢伙竟然還怨他。林東微微一笑，撤去了力道。金河谷一看右手，五根手指都被林東握紅了，冷眼看著林東，臉上擠出幾絲笑容，「林總能來實在令我喜出望外，我還要招呼其他賓客，待會再聊，先進去吧。」

林東微微點頭，進了酒店大堂，金家的下人就過來領著林東往宴會廳走去。

第九章 孤立

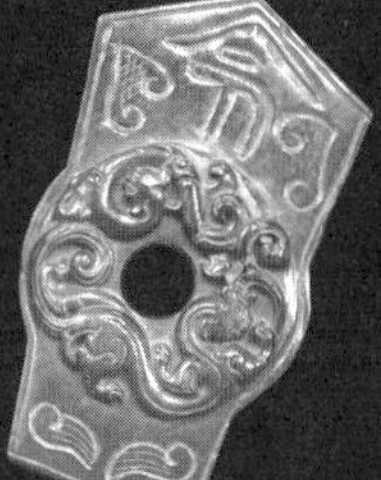

晚宴正式開始，林東那一桌的氣氛十分冷清。

和林東坐一桌的其他九人都知道自己的地位，這一桌離舞台最遠，又是在最角落，看得出來金家沒把他們當回事。

眾人埋頭吃菜，沒有幾個願意抬頭的。

林東心想金河谷想看到的就是他被孤立的場景，心中一笑，絕不能讓他得逞。

晚上七點半，金河谷準時出現在了宴會廳中。熟悉金家的人都知道，像今天這種金家成立新公司的慶典，金家的家主金大川照例都會出席的，不過照今天的情形來看，應該是金河谷一人獨撐場面。

外界傳聞金大川因為身體的緣故，已將家族生意全部交由長子金河谷打理，從今晚的情形來看，似乎是應證了外界的傳聞。金河谷年紀輕輕就掌舵金家這艘大船，的確也遭來不少外人的懷疑，當然也有很多人羨慕得眼紅。

林東在宴會廳的門口看到了自己的席位，與他一桌的人他一個也不認識。不過好在每個名字後面都注明了每個人的身分與職位，林東那一桌，全部都是一些不入流的小公司的老闆，有的甚至還是包工頭。

金河谷把他安排在這群人中間，林東微微冷笑。這傢伙的氣度實在是小得很，做大事的人豈是這樣的，毫無大家風範。

金河谷本想請米雪來主持晚宴的，他親自找米雪商談，並且開出了天價酬勞，情願掏一百萬請米雪過來。金河谷心想請個天王巨星也不過是這價錢，以為米雪看在錢的面子上肯定會答應。哪知米雪卻以已有安排的藉口拒絕了。

金河谷大失所望，長期以來他追女孩只有一招，那就是瘋狂的砸錢。對他而言，這也是非常有效的一招。金河谷認為每個女人都是有價格的，就如他看上酒店裏的一個女侍，花一兩千就能哄上床，看上高中校園裏的清純學生妹，帶出去吃兩頓大餐就能讓小女孩離不開他。看上大學校園裏的校花，開著豪車捧著鮮花就能弄到手。

如果說追求女人並成功獲取女人的身心是一門功課，那麼顯然金河谷的這門功課成績非常優秀，因為自他初三那年對女人感興趣開始，失敗的機率幾乎就是零。

米雪是一個他搞不定的女人，蕭蓉蓉也是一個。金河谷可以說是對蕭蓉蓉使盡了招數，可蕭蓉蓉就如一塊冰，無論他有多麼火熱，也無法融化她。當耐心喪盡之後，金河谷怒了！他決定採取卑劣的手段。獲得他所想要擁有的蕭蓉蓉的身體，可陰差陽錯，卻在相約酒吧的門口被路過的林東碰見，不僅破壞了他的好事，還成全了林東與蕭蓉蓉。

這世上如果有比金錢與地位更能讓男人體驗到成功快感的東西，金河谷認為，那肯定就是女人！征服的女人數量越多，品質越高。那麼他感覺自己就越成功。他是含著金湯匙出生的金家大少爺，地位與金錢是他一出生就擁有的東西，無需他爭取，所以追逐女人成了他認為的唯一可以彰顯自己有多成功的方式！

蕭蓉蓉和米雪是唯一兩個對他的追求無動於衷甚至抗拒、反感的女人，而這兩個女人又都與林東有著說不清的關係。金河谷在這兩個女人身上栽了跟頭，他只能將滿腔的怒火遷怒於林東身上。

金河谷雖然年輕，但卻可以說是一個成熟的商人，他不會蠢到去找林東單挑，他明白要報復林東最好的辦法不是把他痛扁一頓，而是摧毀林東得之不易的社會地位與成就。

金河谷本來就對地產有點興趣，當他看到林東進軍這個行業之後，便立馬決定涉足這個行業。他相信以金家強大的資金與深厚的人脈關係，擊垮林東的地產公司只是時間問題。

國際教育園的那塊地是他與林東在地產業這個領域的第一次較量，他清楚自己是如何獲得那塊地的，更加篤定金家的經濟實力與背景關係是林東遠遠比不上的，只要利用好這兩樣優勢，擊垮林東則是輕而易舉之事。他決定將金氏地產公司落戶在溪州市，為的就是告訴林東，他來了，他不怕！

金河谷步入宴會廳，宴會廳裏響起了如雷的掌聲。他慢步朝台上走去，享受著眾人給他的掌聲為他帶來的快感，他站到台上，看到台下那麼多羨慕的眼光，心中無比的滿足。

金河谷扶了扶話筒，使話筒儘量對準他的嘴部，笑道：「首先，我要感謝各位今晚的到來。一百多年前，我爺爺的爺爺的爺爺是一家銀鋪的學徒，那時候他身上的一件破褂子就是金家所有的財產。老天不會怠慢勤奮的人，在老祖宗的努力之下，金家在蘇城有了第一間銀鋪。輾轉過了一百多年，金家的生意越做越大，遍佈全省，在全國也有不少分店。能取得如此成就，除了要歸功於金家歷代先人的努力，還要感謝在座各位的大力扶持。今天所來的各位都是金家的朋友，我金河谷代表家父，再次感謝各位的到來。其次，希望各位能夠對新興成立的金氏地產予以大力的支持，以後買樓可不要忘了首先考慮我們公司的樓盤哦！最後，希望今晚大家盡興而歸。對於今晚到場的每一位賓客，我們金家為表謝意，將會贈予一塊二十克的紀念金條，請大家臨行之前別忘記領取。」

宴會廳中再一次響起了如雷的掌聲，金河谷走下台來。一個穿著紅色旗袍的美豔女子款款走上了台。她是金河谷從溪州市電視台請到的娛樂節目女主持人，叫薛楠楠。金河谷花一百萬都沒請到米雪，花了十萬塊就把薛楠楠請來了。

金河谷看到薛楠楠走動時那一雙在旗袍中晃動的大白腿，心中燃起了慾念，心想今晚就要把這女人壓在身下，聽聽她婉轉的嬌吟聲是否比說話聲更好聽。

薛楠楠論長相不比米雪差很多，而且豔麗多姿，風情萬種，身材堪比名模。就像一朵火紅的玫瑰，散發出妖異的芳香，這就是她用來征服男人的本錢。

金河谷為了這個開業慶典花了好一番心思，籌備了很久，不僅請來了知名主持人，而且花了不少錢請來一個內地當紅的花旦獻歌一曲，穿插上蘇城和溪州市兩地老百姓愛看的戲曲。請的都是知名的演員，著實花了不少錢。

晚宴正式開始，林東那一桌的氣氛十分冷清。和林東坐一桌的其他九人都知道自己的地位，他們這一桌離舞台最遠，而且是在角落裏，看得出來金家沒把他們當回事。

眾人埋頭吃菜，沒有幾個願意抬頭的。

林東心想金河谷想看到的就是他被孤立的場景，心中一笑，絕不能讓他得逞，便拿起了酒瓶。給一桌子人都斟上了酒。

「那個，我先自我介紹一下，我叫林東，也是搞地產的。在座的諸位我都比較眼生，我想咱們大家能坐到一起就是緣分，應該好好的交流溝通。咱們都是做生意的嘛，講究的是消息的互通有無，說不定聊著聊著就能做成一筆買賣。來，大家先乾一杯！」

其他九人端著酒杯都站了起來。在林東的帶動下，眾人碰杯之後一飲而盡。酒一下肚，感覺氣氛就輕鬆了許多。正如林東所說，大家都是做生意的，聊著聊著說不定就做成了一筆生意。

從林東右邊的那位紅臉大漢開始，其他九人一一介紹了自己。

林東驚喜的發現，這九人都是搞建材的，賣沙子的、賣石子的、賣水泥的、賣鋼材的、賣油漆的……應有盡有，對於林東而言，他們賣的東西正是他所需要的。

幾杯酒下肚，眾人就聊開了。

林東從他們的談話中聽出對金氏地產很不滿，他們都是金河谷的建材供應商，現在做他們這種生意的太多，廠子經營的都不是很好。金河谷把價壓得太低，根本沒什麼利潤，但如果不做，就沒有資金流動，很可能場子就會倒閉。對他們而言，金家的這個大主顧就相當於一劑續命的藥，從金氏地產掙來的錢，可以勉強維持場子不倒閉。正如一根雞肋，食之無味，棄之可惜。

林東和左右兩邊沙場和水泥廠的老闆攀談起來，沙場的老闆叫顧大石，臉紅的跟紅棗似的，說話粗聲粗氣。

「林老闆，你是不知道，金河谷就是吃準了我手上沒多少現金才找上了我，他把價錢壓到了將近成本價，我根本沒賺頭。唉，這兩年國家調控房地產調控的厲害，很多地產公司都不拿地了，更別說蓋房子了。我廠裏的沙子堆得山高，就是賣不出去啊。」

水泥廠的老闆叫陳汝洪，他的日子也不好過，前些年地產紅火的時候，他囤積了好多貨，沒想到接下來馬上國家就開始抑制房地產房展了，他的貨因此大部分都捂在了手裏，到現在還有很多，現金周轉不靈。

「金河谷找到我，開的價低於我當初的進價，沒法子啊，我不賣就沒有錢發工資，只能割肉賣給他。」陳汝洪歎道：「這傢伙不道地，有點趁火打劫的意思。」

顧大石啐道：「呸，他就是個落井下石的主兒。林老闆、陳老闆，咱們今天多喝點，這酒也是金河谷出錢買的，咱們總得撈一點回來。」說著，就給林東和陳汝洪滿上了一杯。

林東想到他的北郊專案馬上就要動工了，有心幫他們一把，乾了一杯酒，笑道：「二位，從長遠來看。地產業至少在近十年之內不會衰退，國家雖然出了左一條右一條的政策，但全國大部分的房價仍是在上漲。這證明老百姓是有購房的需求的。中國農村的人口銳減，許多年輕人都離開了土地，一心想在城市紮穩腳跟，買房無疑是他們最大的夢想。照我這種粗淺的觀點看來，房地產業只是在進行一輪洗牌，那些實力弱的地產公司或是被兼併，或是倒閉。反而挺過這關之後，實力強大的地產企業將更加強大。」

陳汝洪沉聲問道：「林老闆的意思是？」

林東笑道：「我的意思是你們不用太悲觀，與其賠本賣給金河谷，不如賣給我。我林東做生意講究的是有錢大家一塊賺，不會自己獨吞。二位的沙子和水泥，我的公司也很需要。不過如果貨色不行的話，我是不會看上眼的。」

顧大石和陳汝洪相互看了一眼，都看到了對方臉上激動的神情。

顧大石激動的說道：「我的沙子全部是好貨，清一色的河沙，品質絕對過得硬。林老闆，給張名片，改日我親自登門拜訪。」

陳汝洪也說道：「也給我一張，我的水泥各種標號的都有，如果林老闆肯要，兄弟我為了交你這個朋友，給你和金河谷同樣的價錢。」

林東笑道：「不好意思二位，我沒有隨身帶名片的習慣。我還是那句老話，只要你們的貨是上等的好貨，就算是讓我上門驗貨都不成問題，價錢方面我絕對不會讓你們吃虧。」

顧大石笑問道：「對了，林老闆你的公司叫什麼名字？」

林東答道：「金鼎建設。」

顧大石摸摸腦袋，憨憨的笑了笑，「林老闆，你公司是新成立的吧，我怎麼沒什麼印象？」

陳汝洪道：「顧老闆，你太小瞧林老闆了。林老闆的這個公司以前叫亨通地產，是最近才改的名字。」

顧大石一拍大腿，叫道：「哎呀，亨通地產那可是大公司啊，都上市了！」

一桌子的其他幾個人聽到這話，紛紛朝林東投來目光，看著他就像是看到了閃閃發光的財神爺。

眾人紛紛將自己的名片遞了上來，希望能與他結識，這才發現，其實金河谷的安排很好，把上市的地產公司的老總安排在他們這些建築材料的供應商中，這明擺著是給他們創造機會嘛。

顧大石與陳汝洪坐在林東兩旁，近水樓台先得月，他倆剛才與林東有過非常友好的談話，而且林東也放出了話，只要他們的貨好就買他們的貨，這讓他倆異常興奮。

接下來，這一桌上除了林東之外，所有人的眼裏都只有林東一人，開始頻頻的向他敬酒。林東來者不拒，無論誰找他喝，他都奉陪，幾圈下來，就像是沒喝過一樣。這酒量一露，就嚇得一桌人都不敢找他喝了。

林東見沒人過來敬酒了，把面前的酒杯倒放在桌子上，笑道：「諸位，酒咱們也喝好了，接下來就談談正事吧。我說過咱們都是生意人，只要好好交流交流，談談就有生意了。」

眾人連連稱是。

「林老闆請說正事吧，大家豎著耳朵等著聽呢。」

林東開口說道：「剛才我與顧、陳兩位老闆已經聊過了，知道在座的各位老闆生意上都多多少少遇到了些困難。我覺得做生意應該讓大家都賺錢，而不是讓極少數人發財。我希望能給各位一點幫助，各位想我用你們廠裏的貨不難，但只有一點，唯一的要求就是貨要是好貨！我的公司不允許出現豆腐渣工程，要做就要做精品樓盤，要讓老百姓買了我的樓不後悔！」

林東說完，一桌子人都鼓起了掌。附近的幾桌人都掉過頭來看他們，好奇的詢問著發生了什麼事情。

陳汝洪說道：「各位，咱們今天能和林老闆坐一桌是咱們的緣分，我有個不成熟的建議，咱們商量一下，抽個時間咱們一起帶著樣品去林老闆的公司讓他過目。當然，光看樣品是不頂事的，我們同樣歡迎林老闆去我們的廠裏去驗貨。我陳汝洪在此保證，我的水泥絕對是溪州市最好的！」

其他幾個人紛紛表示贊同，開始湊在一起商量去林東公司的日子。

金河谷端著酒杯，今天他是主人，從前往後，每一桌的客人他都得去敬酒。金家在蘇城經營超過一百年，根深葉茂，自然有很多朋友，所以今晚足足來了三百桌人。就算是一桌一杯，金河谷也得喝三百杯，這對他而言絕對是不可能喝下去的，所以身後一直跟著一名女侍，手裏托著一瓶酒，裏面裝的是水。金河谷手裏捏著一根小酒杯，每到一桌旁，就假模假樣的喝一杯，有時候根本就是空杯子。

酒宴進行了三個多小時，金河谷才走到林東這一桌旁邊，這是他今晚敬的最後一桌。

陳汝洪等人剛才還在罵金河谷這不好那不好，等金河谷來了，立馬笑臉相迎，一個個雙手端著酒杯站了起來。

「恭喜金老闆新公司成立，祝金老闆財源廣進，日進斗金！」

金河谷朝他們只是點了點頭，以他金家大少爺、金氏集團總經理的身分之尊貴，他完全不用搭理這夥人，給他們發請柬，無非是想讓這夥人見識一下他金家的強大。

今晚除了江省各地的富豪都到場了之外，就連省委的高官也有來的，難怪金河谷滿面春光，這樣的場面，整個江省的確是沒有幾個家族可以有那麼強大的號召力和面子。

金河谷的目光一直停留在林東身上，這一桌所有人都站起來了，除了林東。

「金老闆是主人，而且是知書達理的主人，咱們今晚都是客人，尊貴的客人，按理說第一杯酒應該是主人敬客人，客人為大，我搞不清楚各位為什麼要站起來？

你們這是陷金大少於不義啊，趕緊坐下來讓金大少好敬酒。」

附近幾桌人都聽到了林東的聲音，他剛才說的話句句在理，任誰也挑不出毛病。

陳汝洪等人看著金河谷，金河谷黑著臉，壓了壓手掌，「大家坐下來吧，諸位遠來是客，我作為主人家，理當我先敬大家一杯酒。來，祝各位老闆生意紅紅火火。」

金河谷面無表情的說了幾句話，把杯子裏的涼開水喝了。

林東卻是沒有動杯子，完全不給金河谷面子。

「林老闆，我都喝了，該你喝了吧。」金河谷冷笑著說道。

林東笑問道：「金大少，你喝的是什麼？如果你喝的是酒。那麼我當然會陪你乾一杯，可惜你喝的不是酒，是你先糊弄大夥的啊。」

金河谷臉色一變，險些忍不住要發作，這麼大的酒宴，誰他媽的白癡喝真酒，那還不得醉死。心道林東這傢伙分明就是故意挑釁。他壓住火氣，冷笑道：「林老闆，上次咱們兩家公司爭國際教育園那塊地，後來那塊地被我拿了，你不會因為這事耿耿於懷吧？今天是我們金家地產公司成立的日子，我希望林老闆不管對我有什麼怨恨都先放在一邊，大度的與我喝杯酒。咱們以後不是沒有合作的機會，你說是不是？」

金河谷輕描淡寫的幾句話就把全部過錯推到了林東身上，眾人聽了他的話。都以為是林東氣量狹窄。

林東也在心裏為金河谷剛才的幾句話叫好，心道好一個伶牙俐齒的傢伙，笑道：「若是我氣量狹窄，今晚我會出現在這裏嗎？金大少成立地產公司，我高興還來不及，以後我會時刻提醒自己，有一個強大的對手正在後面追趕，若不全力奔跑，就要被他超過了。我之所以不喝酒，就是想誠心誠意的與金大少你喝一杯酒。既然是誠心誠意，我看似乎不該以水代酒吧？」

二人打起了太極，林東幾句話就把過錯從自己身上撇開。

金河谷微微一笑，對身後的女侍低聲說了一句，過了一會兒，女侍拿來了一瓶真酒，為金河谷斟滿了一杯。

「能有林老闆這樣的強敵我也很開心，猶如頭上懸著一個警鐘。晨暮提醒，時刻告誡我還不夠成功，催我奮進。林老闆。往日恩怨咱們今天一杯酒泯了，如何？」

場面話誰都會說，但卻沒有誰會當真。林東起身端起來舉杯，脖子一仰，乾了滿滿一大杯。

金河谷捏著手裏的小酒盅，頓時就顯得太小氣了，而林東已經搶在他前頭乾了，金河谷心一橫，從女侍手裏把整瓶酒拿了過來，套著瓶子灌了一大口。他酒量一般，哪能經得住這樣喝酒，喝得太急，被嗆了一口，彎腰咳得肺都要咳出來了。

「金大少，就算是為了與我鬥氣，也不至於喝那麼急吧。唉，酒足飯飽，謝謝金大少的款待，林東告辭了。」

放下酒杯，林東離開了座位，邁大步朝門口走去，金河谷連連咳嗽，已經說不出話來了。

「水……」林東走到了門口，金河谷才能開口說話。女侍把剛才那瓶裝著涼開水的酒瓶給他，金河谷套著酒瓶猛往喉嚨裏灌水。

「林東！」

林東正往酒店外面走去，聽到背後有個熟悉的聲音叫他，轉身望去，竟是李龍三！

林東停下腳步，笑道：「李哥，你也來了，怎麼剛才沒看到你？」

李龍三面無表情的朝他走來，「我有件事想問你。」

林東笑道：「你說。」

李龍三道：「昨晚你去哪兒了？」

林東心裏咯噔一下，心道李龍三為什麼會這麼問，難道他得到了什麼消息？

「哼，你這傢伙，竟然背著倩小姐去外面鬼混，還被員警抓了，五爺要是知道了，非剝了你的皮！」李龍三怒道。

林東鬆了口氣，他既然在這樣說，就證明高五爺還不知道，說道：「李哥，你既然有門路知道我昨晚被抓了，那自然有門路再打聽打聽我到底去那裏幹什麼的。我說的話你未必信，不過你應該相信你自己調查來的。」

李龍三盯著他看了一會兒，笑道：「我自然已經知道你昨晚去那不是找樂子的，剛才只是想嚇唬嚇唬你，沒想到你這傢伙還真能吃得住嚇。」

林東笑道：「我這是不做虧心事，不怕鬼敲門。」

李龍三道：「你小子指桑罵槐，說我是鬼啊。」

林東嘿嘿一笑，問道：「李哥，你怎麼來了，不會是五爺也來了吧？」

李龍三冷冷道：「金家多大點臉面，五爺讓我過來已經是給他面子的了，怎麼可能親自過來。」

林東才明白李龍三這次是代表高五爺過來的，「李哥，你是不是早看見我了？怎麼不早點找我，不然我今晚還能陪你喝幾杯。」

「我是早看見你了，不過我坐在最前面，你在最後面，隔得太遠，所以就沒去找你。想喝酒改天吧，今晚我還得開車回去，喝了酒不安全。」李龍三笑道。

林東恍然大悟，李龍三是代表高五爺過來的，以高五爺的地位，肯定是坐在前幾桌的。

二人一起朝門外走去，李龍三在他的陸虎車前停了下來，笑道：「林東，你可知道一直以來我都很憎恨你？」

林東點點頭，「憎恨談不上，我猜只是有點妒忌我罷了。」

李龍三哈哈一笑，「你這小子，這時候還不忘挖苦我。是啊，從一開始我很瞧不起你，你一個窮小子，不知道倩小姐怎麼會看上你，還記得在電影院裏的那次，我真的很想揍你，後來我想你和倩小姐在一起不會長久的。五爺叫你去家裏，和你定下了賭約，那時候我認為你肯定不能在年底之前賺到五百萬。誰知道你一次又一次帶給我震駭！你和倩小姐的感情不僅已經到了談婚論嫁的地步，而且事業方面，也沒人再敢小瞧你，你從徒手起家到現在擁有兩家公司，僅僅用了不到一年的時間。唉，人比人得死。能讓我李龍三心服口服的人不多，你算是一個。」

林東微微一笑，沒有說話。

李龍三拍拍他的肩膀，「咱倆的差距越來越大，我也再沒什麼跟你比鬥的心思。現在咱倆見面，能聽見你叫我一聲『李哥』，這我已經很知足了。不過令我最佩服的人不是你，是倩小姐，還是她有眼光啊，你比那些個富家子弟強多了。小子，好好努力，金河谷算是什麼東西，你遲早能讓他在你面前矮半截。」

林東冷笑道：「我要的可不是讓他在我面前矮半截，我要把他踩在腳底！」

李龍三扔掉了煙頭，說道：「行，我該走了。林東，有什麼你不好出面的事情告訴我，李龍三別的本事沒有，解決麻煩的本事倒是有一些，你明白我的意思的。」

林東嘿嘿一笑。「李哥，我是希望麻煩你的事情越少越好。」

李龍三上了車，朝林東揮了揮手，發動車子回蘇城去了。

林東站在原地吸完一根煙，也上了車，他回到春江花園，柳枝兒給他開了門。

林東瞧見柳枝兒手裏捧著飯碗。知道她肯定是剛下班不久，心疼的說道：「枝兒，要不我給你介紹一份輕鬆的活兒做吧？你這樣每天起早貪黑的，我怕累壞了你的身子。」

柳枝兒嘴裏嚼著麵條，笑道：「東子哥，你就別瞎擔心了，我身子好著呢。其實我們大部分時間都是在休息的，活兒根本不重。適當的運動，對身體是很有好處的。這是他們城裏人老掛在嘴邊的。」

林東道：「你們那麼晚收工，劇組沒有盒飯給你們吃嗎？」

柳枝兒道：「當然有了，只不過我又餓了。對了，桐姐說下午五六點鐘的時候看見你了，是不是真的？」

林東沒想到竟然被周雨桐看到了，也沒否認，說道：「是啊，想你了，所以去看看你。」

柳枝兒問道：「那你幹嘛不叫我，我都不知道你來。東子哥，我知道你是害怕我工作辛苦，其實你不用擔心的，劇組的工作我做起來十分開心，我很喜歡這份工作。」

林東不再說什麼，「枝兒，你爹中午給我打電話了，你工作忙是忙，可別忘了多給他們打電話，老倆口在家挺惦記你的。」

柳枝兒笑道：「我爹是沒話找話講。我差不多兩三天就打一次電話回家。東子哥，我爹是不是找你有事？」

林東點點頭，「是啊，他希望我回老家一趟，要讓我風光風光呢。」

柳枝兒不解，追著林東問怎麼個風光法。林東把柳大海跟他說的話又轉述一遍給柳枝兒聽，柳枝兒這次倒覺得她爹說的沒錯，是應該回去。

「東子哥，我也覺得你該回去，你回去了，林大伯和林大媽臉上會更有光，而且你說要在咱們鎮上搞度假村，我覺得可以借此機會擴大你的知名度和影響力，對以後度假村的宣傳和推廣都非常有利呢。」

林東沒想到柳枝兒能說出這麼一番條條在理的話，有些驚喜，笑道：「枝兒，看不出來你都學會分析事情了。」

柳枝兒昂著頭笑道：「那是，現在凡事都講究個包裝和炒作，我在劇組待了一段時間，眼看著那些明星整天弄這些，總能學到點東西。」

二人閒聊中，柳枝兒就吃完了飯，將鍋碗筷子洗了，就拿著換洗的衣服進了浴室。林東來了，她要把自己洗得香噴噴的。

上床之後，難免又是一番纏綿。柳枝兒學習的速度很快，領悟力也很高，剛剛告別了對性的羞澀與畏懼之後，就學會玩起了花樣，知道怎樣才能讓男人更舒服，在兩性之愛之中用心的探索與學習。

在與柳枝兒的交融當中，柳枝兒一直不讓林東戴套，她最大的心願就是能為林東生個娃娃，對她而言，這個願望越早實現越好。只要有了林東的孩子，這輩子她就沒什麼渴求的了。

第二天一早，林東醒來之後，柳枝兒已經走了，在床頭櫃子上留了一張字條，說是上班去了，鍋裏有炒飯，是留給他的。林東伸了個懶腰，想到近段時間每天都睡得那麼死，就連柳枝兒起床他都沒有發覺。

想起剛剛擁有玉片的那會兒，他每天睡兩個小時就感到精力充沛到過剩了，到了現在，每天不睡到八點鐘都醒不來，這到底是為什麼？玉片是不是正帶給他身體一些他不知道的變化？

林東大為苦惱，若是生病了還好，去醫院還能查出來哪裏出了毛病，可他的這症狀，顯然去醫院也是查不出來什麼的。

他想到現在要應付四個女人，幾乎很少有獨睡的時候，心道不會是縱慾過度了吧？

林東對著鏡子看了看自己的臉，書上說縱慾過度的人面色會泛黃，而且眼圈周圍會泛青，印堂發黑。他仔細看了看，發現自己完全沒有這種跡象，而且精力充沛，似乎有使不完的力氣，這絕不是縱慾過度的表現。

林東無意中看到了鏡子裏自己的眼睛，他慢慢的移動臉，使面部更加靠近鏡子，看清楚了瞳孔最深處的東西，不知何時，原本如頭髮粗細的藍芒竟然已經壯大到有圓珠筆的筆尖那麼大，顏色也看上去更加湛藍了。

「媽呀，如果藍芒繼續生長，會不會到最後撐破我的眼球啊？」

林東開始深深的擔憂起來，起初發現瞳孔中的藍芒有辨別寶石的時候，還讓他著實興奮了好幾天，凡是有好就有壞，現在看來接下來該是他擔心的時候了。

林東天生的樂觀心態，自我開導了一番，瞳孔裏的藍芒是在那次失明之後忽然間出現的，他想說不定哪天就會突然間消失。他這麼一想，心裏也不再為這事擔憂了，吃過了柳枝兒為他準備的炒飯，就離開了家門。

到了金鼎大廈的門口，見門口聚集了不少員工，心裏奇怪，他們不去工作都聚到門口幹嗎？

眾人見林東走來，一哄而散。

林東正自奇怪，在一樓的大廳中碰見了林菲菲，把她叫了過來，問道：「菲菲，剛才是怎麼了？大家圍在門口幹嗎？拖欠他們工資了？」

林菲菲笑道：「不是，林總，你往對面看看去。」

對面的大廈原來叫寶泰銀樓，林東走到門口，卻見寶泰銀樓那四個金色大字不見了，取而代之的是金氏地產四個金字。

林菲菲見他表情驚訝，說道：「今早一來大家就發現了，可能是昨晚換上去的吧。原來以前的寶泰銀樓就是金家的產業，現在金家成立了地產公司，把總部設在了這裏，連大廈的名字都換了。林總，金氏地產就在我們對面，擺明了是要跟咱們打擂台啊。」

林菲菲說的沒錯，金河谷昨晚壓根就沒提這事，看來就是為了讓林東大吃一驚。

「這樣也好，有競爭才有壓力。菲菲，對面的金氏地產看來是有亡我之心，我倒要看看到底誰更厲害！」林東冷笑道。

林菲菲道：「他們太囂張了，林總，一定要給他們點顏色看看！」

林東不言不語，轉身往大廈裏走去，林菲菲要加快步伐才能跟得上他的腳步。他心裏很清楚，金河谷把公司設在他公司的對面只是他的第一步，必有後招。

這個傢伙，來勢洶洶啊！

兵來將擋，水來土掩。

林東心想也沒什麼可怕他的，見招拆招，金河谷敢出招，他就有辦法化解。

林菲菲一路跟著林東進了電梯，林東這才發現林菲菲一直跟著她，笑問道：「菲菲，找我有事嗎？」

林菲菲道：「林總，你剛才一言不發的表情好嚇人，嚇得我大氣都不敢喘。」

林東不知道自己剛才是什麼表情，笑道：「嗨，都是被金河谷氣的，你說說你的事吧。」

林菲菲臉色恢復了正常，說道：「林總，關於對未能及時拿到房子的業主進行賠償的新聞發佈會，我已經籌備好了，發佈會的時間就定在明天上午，不知你有沒有空。如果你能出席，我想效果肯定會更好。」

林東笑道：「好，我一定去，發佈會定在什麼地方？」

林菲菲道：「就在北郊樓盤旁邊的售樓部。」

林東想了一下，林菲菲把新聞發佈會的場地選在北郊樓盤的售樓部，倒也顯得別有用心，看來是花了一番心思琢磨的。一般的新聞發佈會，大多數都是選在酒店，業主們有的根本就找不到酒店在哪裏，而售樓部就在北郊樓盤的外面，既然是業主，那麼去樓盤的路肯定是輕車熟路的。選在售樓部，不僅方便業主們到發佈會現場，同時也可顯出金鼎建設的決心與信心。

林菲菲繼續說道：「這幾天我們銷售部所有同事加班加點，把北郊樓盤的每個業主都打了一遍電話，邀請他們到發佈會現場來。」林菲菲信心十足，已經有不少業主表示屆時一定會到現場，她可以想像得到明天的發佈會現場會有多麼熱鬧。

林東對林菲菲的實幹能力很欣賞，公司高層領導裏面只有兩個女的，一個是江小媚，剩下的就是林菲菲，這兩人皆是巾幗不讓鬚眉，能力超群，做事的風格卻截然相反。

江小媚八面玲瓏，懂得順勢而為順水推舟，借助別人的力量來達到自身的目的。林菲菲韌性十足，敢想敢做，勇於拚搏，注重依靠自身能力來達到目的。江小媚的性格很適合做公關，而銷售則是一個非常痛苦的工作，對此林東深有感受，他當初在元和做客戶經理，深知行銷有多艱難，若是意志不堅之輩，根本無法做得長久，而林菲菲堅韌的性格，正是做好銷售必備的要素。

這兩個女人讓林東很省心，作為老闆，他要做的就是給她們足夠的信任，放手任她們去做。

「菲菲，你部門的同事們辛苦了，眼下公司財務緊張，拿不出錢出來犒賞大家。不過我作為老闆，做得好就賞，做的不好就罰，這是我的原則，所以我決定自掏腰包，給你們部門一萬塊，等忙完明天的發佈會，你帶著同事們去大吃一頓，然後再好好放鬆放鬆。」

林菲菲拍手叫好，「真的嗎林總？我等不及想把這消息告訴部門同事了。」

林東呵呵一笑。「菲菲，你當你老闆是什麼人？難道會說話不作數嗎？你去辦公室等著吧，周雲平很快就會把錢送到你辦公室去。」

林菲菲在銷售部所在的樓層出了電梯，笑著和林東揮手告別，邁著輕快的腳步而去。

林東進了辦公室，周雲平早已到了，聽到腳步聲，抬頭看到是老闆，說道：「老闆，金氏地產太囂張了！」

林東笑道：「小周，沉住氣。上次公司更名典禮，金河谷是給咱們送花了吧？」

周雲平一點頭，氣憤的說道：「是，那廝送來了一籃子白菊花。」

林東笑道：「小周，來而不往非禮也，你也替我送個花籃過去。」

周雲平笑道：「好，我這就去訂白菊花。」

林東攔住了他，「別急，金河谷送白菊花給我，那是他小心眼，咱不能學他，大度點，送一盆發財樹給他。」

周雲平想要說什麼，話到嘴邊，卻又咽了回去。他恪守一個秘書的本份，老闆決斷了的事情，他就不再干預，點頭說道：「老闆，那我去辦了。」

林東拿了一張卡給周雲平，笑道：「順帶著取一萬塊錢出來，送到林菲菲的辦公桌上。」

周雲平一臉不解。

林東見他這副表情。說道：「銷售部的同事最近很辛苦，公司現在財政緊張，所以我自掏腰包，這是我請他們部門同事吃飯的錢。」

周雲平從他手裏接過了卡，笑道：「哈哈，那我也得好好努力，爭取哪天也讓老闆你請我吃頓飯。」

「你這小子，明天中午食堂，吃多少我管夠！」林東開了個玩笑，他與周雲平的關係不是純粹的老闆與秘書的關係，二人可以說是很好的朋友，所以在沒有外人在場的情況下，兩人的談話氣氛都很輕鬆。

第十章

無間道

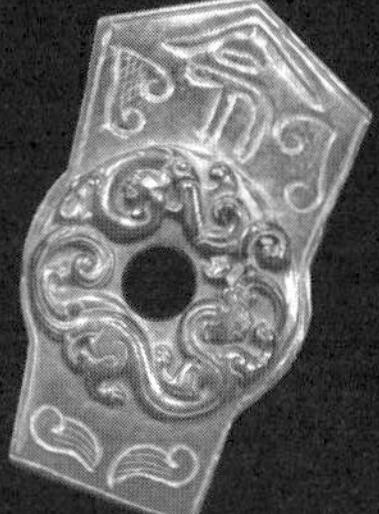

江小媚這個人八面玲瓏，心思變幻莫測，
就連他都摸不清楚她的心思，何況與她並不是很熟悉的金河谷呢，
如果讓江小媚假意投向金河谷那邊，暗中卻為他收集資訊，
到時候知己知彼，必能百戰百勝。
關鍵的是，江小媚是否願意演這一齣無間道呢？

金鼎大廈不遠處就有個很大的花店，周雲平取了錢，走到花店，要了一盆發財樹，本來想讓花店的員工幫忙送去的，但一想倒不如自己送去，這樣也可到金氏地產內部打探一下虛實，說不定會有點收獲。

打定主意，周雲平拿著一盆發財樹就朝金氏地產走去。一進去，就感到大廈裏有點空空蕩蕩的感覺，只看到幾個來回蹓躂的保安，上前問道：「你好，請問總經理辦公室在哪裏？」

保安上下打量了周雲平幾眼，看到他手中捧著花盆，笑道：「小夥子，你是花店的吧，你到頂樓，一眼就能看到老總的辦公室了。」

周雲平謝過那保安，搖頭苦笑，他拿著盆花就被誤認為是花店的了，若是說是對面金鼎建設的總裁秘書，說不定還不讓進。乘電梯到了頂樓，金氏地產這棟大廈要比金鼎建設的大廈還要高幾層，足足有二十五層。

果然，電梯門一看，他就看到了總經理辦公室。走到門口，就見裏面一個漂亮的女秘書抬頭朝他看了一眼，竟也把他當成花店送花的了，聲音動聽悅耳，「送花的小哥，這花是誰讓你送來的？」

周雲平索性也不揭穿自己的身分，笑道：「就是你們對面的那間公司，也是做房地產的。」

金河谷在裏間的辦公室，聽說是金鼎建設送來的花，傳話給他的女秘，「曉柔，把花拿進來。」

這女秘名叫關曉柔，長得清麗脫俗，是蘇城蘇吳大學文學院的院花，去年畢業。畢業後沒能找到一份好工作，偶然的機會得到在高檔商場裏給客人試衣服的工作，薪水不低，一個月出不了幾次工，但也有四五千的收入。

關曉柔穿衣十分講究，各種用品也十分奢華，化妝品要用最貴的，手機也要用最好的，不過父母都是工薪階層，根本無法供得起她這種花費。在學校的時候，蘇吳大學好些富二代整天圍著她轉，請吃請喝，送這送那，關曉柔同時釣著幾個富二代，每個月家裏給的八百塊錢生活費都花不完。

畢業之後，曾經追逐她的富二代全部回老家去了，關曉柔的開支一下子緊張起來。除了長得漂亮之外，她基本上沒有別的長處，因而畢業之後高不成低不就，在蘇城租了房子，每個月靠家裏的接濟過日子。

後來去了高檔商場做試衣模特，那些貴婦們看上什麼衣服了，找她來試穿，如果生意做成了，商場會給她提成。關曉柔無論是臉蛋還是身材，都無愧於校花這兩個字，所以促成的生意不少。不過每個月幾千塊錢的工資仍是遠遠不夠她花費。

過年之前，金河谷陪著他媽去那家高檔商場買衣服，第一眼看到關曉柔，他就看重她的美色了。當天晚上，他將老媽送回家之後，就帶著鮮花來到了商場裏，邀請關曉柔共進晚餐。

關曉柔看得出來金河谷是個有錢的富家公子，自然不會拒絕，看到金河谷價值幾百萬的跑車，登時就傻眼了。眼前這個年輕高大帥氣的男人，比起大學裏的那些富二代要富太多。

金河谷縱意花叢，閱女無數，一眼就看穿關曉柔是個愛慕虛榮的女孩，在吃晚餐的時候，把一張信用卡的附屬卡拍在了關曉柔的面前，關曉柔收下了。當晚她就被金河谷帶到了金家的一處別墅裏，做了一筆財與色的交易，從此之後，她就成了金河谷的附庸，從此再也不用去上班，不用看老闆和客人的臉色。

當金河谷在她面前提起要搞地產公司之後，關曉柔實在是在家裏悶壞了，於是就提出要做金河谷的秘書。關曉柔本身就是文學院秘書專業出身，金河谷想了想也就答應了。

聽到金河谷的吩咐，關曉柔起身走到門口，她本想自己動手將那盆發財樹搬進去的，但又嫌髒，便對周雲平說道：「麻煩你，請搬到裏面的那間辦公室去。」

金河谷點點頭，把那盆發財樹搬進了金河谷的辦公室。

金河谷和周雲平見過面，一眼就把周雲平認出來了，連忙起身相迎，「哎呀，這不是周秘書嗎！林總怎麼能讓你親自送花盆過來？太大材小用了吧。曉柔，快沏茶！」

關曉柔愣了愣，這才明白原來這男的不是花店的小工，竟然是對面那家地產公司的總裁秘書，與她的職位是一樣的。

金河谷熱情的招呼周雲平在沙發上坐了下來，周雲平也不急著回去，想看看金河谷葫蘆裏到底賣的什麼藥。

關曉柔將茶水送了過來，金河谷笑道：「周秘書，來，嘗嘗我這龍井正不正宗。」

周雲平端起來抿了一口，豎起大拇指，笑道：「金總的茶絕對正宗，堪稱極品！」其實他根本就不懂得品茶，只是順著金河谷的心往下說，為的是引出金河谷的下文。

金河谷笑道：「周秘書，你覺得我這公司怎麼樣？」

周雲平道：「很氣派。」

金河谷臉上的笑容更得意了，說道：「冒昧的問一句，林總給你多少年薪？」

周雲平歎道：「不多，咱們金鼎沒錢，哪有金家財大氣粗啊。」

金河谷哈哈一笑：「周老弟，咱們出來做事就是為了賺錢，我很欣賞你的能力，這樣吧，你到我的公司來，我讓曉柔把位置讓出來給你，你做我的秘書，年薪一百萬，如何？」

周雲平心中暗道，這金河谷還真是財大氣粗，不過他也太小看我了，我周雲平跟誰做事，第一看人，第二才會考慮到錢。

周雲平裝出一副很心動的表情，說道：「多謝金總看得起我，容我考慮考慮再予回覆。」

周雲平哈哈笑道：「行，我自然會給你考慮的時間的。我撂下一句話，金氏地產的大門永遠為你敞開，周老弟什麼時候想來就什麼時候來。」

周雲平微笑點頭，起身告辭：「金總，那我先告辭了。」

金河谷熱情的將周雲平一直送到門口，這才轉身進了辦公室。

關曉柔不依不饒的纏了過來：「谷哥，他要是真的來了，那我怎麼辦？」

金河谷摟住關曉柔足可盈盈一握的小蠻腰，嘿嘿淫笑：「曉柔，我就搞不懂你們女人了，幹嘛非得出來工作，乖乖在家花錢多舒服啊。」

關曉柔被他摸得嚶嚀一聲，很做作的嬌吟起來，嗲聲道：「人家要看著你，以防你在外面搞別的女人。」

金河谷露出一絲不易察覺的冷笑，心想我在外面搞女人還能輪得著你管，惹得老子不開心，把你掃地出門，看誰供你吃喝玩樂。

周雲平走到金氏地產的門口，瞧見了設計部的主管胡大成正朝這邊走來，不禁心想，這傢伙來這幹嘛？

胡大成是受金河谷邀請來這裏的，他是汪海的心腹，自從林東做了老闆之後，一直對他不聞不問，心知林東是不可能重用他的。前兩天金河谷找到他，開出了豐厚的待遇，邀請他到金氏地產公司工作。今天邀他過來，就是為了詳細談談。

胡大成也看到了周雲平，心想周雲平可能也是來和金河谷談條件的，朝周雲平意味深長的笑了笑，頗有點心照不宣的意味。

周雲平從胡大成這一笑當中讀出了味道，恍然大悟，心道，這傢伙肯定是有想跳出金鼎建設投奔金河谷的打算了！

周雲平到公司附近的銀行取了一萬塊錢出來，林東給他的那張金卡裏足足有三千多萬，密碼是他早就知道的，一直沒有修改。周雲平很受感動，這足可以證明老闆對他是多麼的信任。

取了錢，周雲平直接取了銷售部的辦公室，林菲菲的辦公室在最裏面。

進了林菲菲的辦公室，把裝了一萬塊的牛皮紙信封往林菲菲的辦公桌上一拍，笑道：「菲菲，老闆讓我給你送錢來了！」他與林菲菲是差不多時間進的公司，林菲菲作為銷售部的主管，以前跑售樓部的時間較多，而周雲平一直在工地上看工地，所以二人接觸的機會比較多，彼此早已熟絡。

林菲菲訝聲道：「林總還真的讓你把錢送來了啊？」

周雲平笑道：「錢都放在你面前了，那還能假。老闆說了，你們部門最近辛苦了，這是獎勵你們的，他自掏腰包的。」

林菲菲拿起桌上的信封，感受到沉甸甸的分量，這是林東對她和她的部門的肯定，這錢拿在手裏，也是一副沉重的擔子。對她而言，銷售部的戰爭還未打響，現在所做的事情並不是她的部門的主要任務，如何在休戰期間培養出一支精兵強將的隊伍，才是她最應該動腦筋思考的。

「周雲平，跟我一起到外面去，由你來向大夥宣佈。」

周雲平樂意幫忙，和林菲菲一起走到了外面的集體辦公室。

林菲菲拍了拍手掌，大聲說道：「大家把手上的事情停一停，周秘書有事情宣佈。」

眾人紛紛抬起了頭，望著周雲平，等待他的發言。

周雲平大聲說道：「我今天是代表林總來慰問大家的，林總知道銷售部的同事都很辛苦，所以明天新聞發佈會之後，讓你們的部長帶著你們去大吃一頓，然後愛怎麼玩怎麼玩。林總自掏腰包，給了你們一萬塊，錢我已經給了你們的主管了。」

銷售部的辦公室立時響起了雷鳴般的掌聲，每個人的臉上都流露出興奮之色，甚至有的人已經開始議論起來明晚去什麼地方吃飯了。

林菲菲一看勢頭不對勁，可不能在最後關頭鬆懈了，壓了壓手掌，示意眾人安靜下來，開口說道：

「大家應該明白此刻最重要的事情是什麼，那就是辦好明天的新聞發佈會。林總雖然說這一萬塊錢是給我們部門吃飯玩樂用的，但也說了我有支配權，如果明天的發佈會搞砸了，我想我應該暫時不會動用這筆錢。」

話剛說完，剛才還瀰漫充斥整個辦公室躁動不安的氣氛就迅速消失了，所有人都低下頭來，緊張的忙碌起來。

周雲平看到這前後的轉變，暗暗佩服林菲菲的管理能力，笑道：「菲菲，我回辦公室了。」

林菲菲跟周雲平無需客氣，連送都沒送他就回了自己的辦公室。

周雲平在回辦公室的路上一直在琢磨要不要把在金氏地產門前見到胡大成的事

情告訴林東，進辦公室的前一秒鐘，他才有了決定。他直接推開了裏面那間林東辦公室的門，說道：「林總，我有事情彙報。」

林東抬頭一看，發現周雲平神色嚴肅，知道必然是有要緊的事情，不急不緩的說道：「進來坐下說。」

周雲平一點頭，在林東對面坐了下來，說道：「我見到了金河谷，他想挖我到他那邊去，給我年薪一百萬。」

林東笑道：「一百萬，真不少！小周，這是機會啊，反正我這邊暫時是給不了你那麼多錢的，你要去我不阻攔。」

周雲平沒看出來林東是在開玩笑，立馬拍著心窩道：「老闆，金河谷給我一千萬一年我也不去，我壓根就瞧不起他那人，不是錢的事情。」

林東笑道：「看，小周，你就是沉不住氣，你是什麼人我還不瞭解嗎？金河谷打你的主意，那是打錯了算盤了。接著說，下面還有別的事情吧？」

周雲平道：「對，我表面上應付了一下金河谷，出來之後，居然讓我在門口看到了胡大成。他或許以為我和他是一路貨色，還朝我笑了笑。我想胡大成肯定是去和金河谷談條件的。」

胡大成是林東幾乎忽略的一個人，如今金鼎建設的整個設計部都閑著。為了緩解公司財政壓力，林東甚至動過裁員的心思，首當其衝的就是最為清閒的設計部。自他上任以來，胡大成一次都沒單獨來找過他，在會上也從來都不發表意見，始終與林東保持表面上的客氣。

聽到胡大成去找金河谷的消息，林東一點也不意外，胡大成的背景他一清二楚，絕對算得上是金鼎建設高層管理中資歷最深的人，胸無點墨，但憑著與汪海鐵哥們的關係，汪海當老闆的時候，他的地位一直穩如泰山。

胡大成心裏其實是恨林東的，他清楚汪海是敗在了這年輕人手下，所以當林東入主亨通地產的時候，他就知道他的日子不會再像以前那樣舒服了，所以早就動了跳槽的心思。

不過業內同行都知道他有多大本事，所以一直沒有公司願意接收他。正當他進退兩難之際，金河谷找到了他，開出了令他欣喜若狂的條件，並且承諾，只要是他帶過的金鼎員工，他照單全收。

林東看穿了金河谷的用意，這傢伙絕對不會只挖胡大成一個人，以他的胃口，吃下整個金鼎建設的想法都有，也不知金鼎建設有多少人暗中已經收到了金河谷伸過來的橄欖枝。

周雲平見林東久久都未說話，說道：「老闆，這回麻煩了。金河谷財大氣粗，想從我們這裏挖人很容易，我想他說不定已經在暗中運作了，咱們公司內部正醞釀著一股狂風暴雨啊！我斷定將有一股離職風暴猛力襲來！」

林東笑道：「該走的留不住，不對公司忠心的員工，留下來又有什麼用？這樣也好省得我裁人了，我還得感激金河谷，他替我解決了個大問題。公司財政緊張，走了一部分不做事的人，我有更多的錢發給努力做事的人，這多好。」

周雲平一想，笑道：「老闆，你說的也對。但財帛動人心，就算是一些肯做事的老員工，說不定也會動搖，那部分人可是咱們金鼎的棟樑啊！」

林東冷笑道：「對於公司不忠的人，我絕不挽留。我知道他們現在瞧我沒有金河谷財雄勢大，以為樹大好乘涼，那我就刨了這棵大樹，來個樹倒猢猻散，到時候必讓那些棄我而去的人悔青了腸子！」

聽了林東這一番話，周雲平只覺胸中積壓了一團怨氣，不吐不快，說道：「哈哈，老闆，你說的太好了。我覺得正好借此公司大變動的機會，將想做事會做事的員工提拔到重要的崗位上。我看咱們還真應該感謝金河谷。」

林東笑道：「金河谷連胡大成那樣的貨色都收，一群烏合之眾組成的公司能有什麼戰鬥力？哼，現在我更有信心打垮他們了！」

從危機中看到機遇，這就是林東！

周雲平與林東差不多的年紀，剛開始的時候感覺給林東做秘書有些不習慣，經過這段時間相處下來，他漸漸的發現了林東的強大之處。當他還在害怕公司將會又一輪震動的時候，林東已從震動中發現了機遇，眼見決定成就的高低，這就是他不如林東的地方。

周雲平走後，林東腦子裏閃現出一個人，一個至今他也料不定的女人江小媚！

他知道金河谷絕對不會不向江小媚發出邀請，而江小媚會怎麼處理，林東沒有太大的把握猜到這個女人的心思。

他決定找江小媚談談，如果發現江小媚真的為金錢所動，那麼他就開出比金河谷更高的待遇，不是把她留下來，而是把她送進金氏地產！

這一次林東沒有讓周雲平通知江小媚過來，而是親自給江小媚打了個電話。江小媚拎起電話聽出是林東的聲音，也是大感意外。林東在電話裏沒說什麼，只是讓她過來。江小媚掛了電話就來了。

進了林東的辦公室，林東笑道：「小媚，我的休息室只有小周進去過，你有沒有興趣參觀一下？」

江小媚聽得一頭霧水，不明白林東想搞什麼名堂，心想他不會大白天性起把她喊過來瀉火的吧？江小媚對於男女之事一向不排斥，況且她見林東身材健碩，心想應該在那方面很猛。如果真的有了那層關係，那她在金鼎建設的地位就會空前鞏固了，討厭的林菲菲將再也無法與她一爭高下。

「林總，我真的可以進去參觀一下嗎？」江小媚臉上浮現出驚喜的神情，裝出來的表情竟然也一點不顯得做作。

林東笑道：「當然可以。」說著，打開了休息室的門，側身請江小媚進去。

江小媚進了休息室，林東就把門關上了，轉身把燈開了。

「小媚，你坐吧，我有事跟你商量。」

江小媚在沙發上坐了下來，林東就坐在她對面。

「如果對面的金氏地產許諾你高位高薪，你會過去嗎？」林東開門見山的問道，一直緊緊盯住江小媚的雙目，運起了藍芒的讀心異能。

江小媚久久沒有說話，臉上的表情是驚訝的，林東從她的眼裏看到的是猶豫，她自己也不知道該不該投奔到金河谷的那邊。

「林總，我從沒想過離開公司。」江小媚很快就從慌亂之中恢復了鎮定，林東可以肯定她這句話說的是假話。

林東笑問道：「小媚，如果我讓你去呢？」

江小媚有點摸不著南北，問道：「林總，你什麼意思？」

林東笑道：「金河谷找過你吧？」

江小媚毫不猶豫的點了點頭，林東已經知道的事情，她無需隱瞞：「找過，的確是給了我很優厚的條件。」

江小媚說完，一雙美麗的眼睛直視林東的目光，絲毫沒有迴避，以此來表明她心胸坦蕩，沒做虧心之事。她眼也不眨，捕捉林東臉上的每一個表情。

「金河谷給的條件那麼誘人，為什麼不過去？」林東笑問道。

江小媚不解林東的意思，「林總，實話跟你說吧，其實我動搖過，去金河谷那邊，我的確能夠賺得更多，但以後就要與你為敵，這是我不想的。還有一點，也是最重要的一點，金河谷與你相比較，除了比你更有錢之外，他沒一點比你強。論日後的成就，我絕對看好你。與其跟著金河谷走下坡路，倒不如跟著你走上坡路，共同創造輝煌，見證奇蹟！」

藍芒捕捉到了江小媚此刻的想法，她的確是沒有說謊。

當得知金河谷在暗中挖人的時候，林東第一反應就想到了江小媚，他不清楚江小媚是否會被眼前的利益所打動，幾乎在那一瞬間，他的腦海裏蹦出了一個大膽的想法。

江小媚這個人八面玲瓏，心思變幻莫測，就連他都摸不清楚她的心思，何況與她並不是很熟悉的金河谷呢，如果讓江小媚假意投向金河谷那邊，暗中卻為他收集資訊，到時候知己知彼，必能百戰百勝。

關鍵的是，江小媚是否願意演這一齣無間道呢？這就需要他來說服了。

林東笑道：「小媚，你能具體跟我說說金河谷給你開了什麼條件嗎？」

江小媚見林東表情輕鬆，似乎只是以一個朋友的身分向她詢問，就笑道：「既然林總那麼想知道，那我就合盤托出全都告訴你。」

她掏出手機，打開了一條簡訊，把手機放在與林東之間的茶几上，笑道：「林總，這是金河谷發給我的一條資訊，你看看就知道了。」

林東拿起手機一看，金河谷給江小媚發了很長的一段話，先是誇讚江小媚的美麗與能力的出眾，然後說金氏地產新興成立，正是用人之際，誠邀江小媚加盟，許諾年薪一百五十萬。一年帶薪休假的時間不短於四十五天，等到金氏地產開發的第一個樓盤出來之後。還會贈送她一套面積不小於一百二十平方的房子，在簡訊的最後邀請江小媚去公司面談。

「金河谷還真是出手闊綽啊！小媚，如果我是你，我肯定會動心。他既然邀你去面談了，小媚，我覺得你應該去。」

江小媚真是被林東繞暈了，連忙問道：「林總，你是不是懷疑我有貳心了？」

林東搖頭笑道：「小媚，其實是我希望你去金氏地產。」

江小媚猛地站了起來，淚花已在眼眶中打轉，帶著哭腔說道：

「林總，自你進入公司以來，我無時無刻不在想著怎麼獲得你的好感，工作上勤勤懇懇盡心盡責，沒想到無論我怎麼做，在你心裏，仍是沒有將我當做自己人。金河谷的邀請是讓我猶豫過，可每當我心中動搖之時，你的樣子就會在我腦海中閃現，是你讓我擋住了誘惑。以我的能力，即便是金河谷不邀請我，我跳槽出去也有大把的公司會以更高的薪水邀請我加入，可我為什麼明知剛開始你對我印象不是很好還要留下來？只因為我喜歡與你在一起做事的感覺，我喜歡你啊……」

說到後面，江小媚已經泣不成聲了。

江小媚這是第一次在林東面前情緒波動。說到底她仍只是個女人，被心裏喜歡且崇拜的男人誤解，難免委屈傷心，忍不住就流下了淚水。

江小媚捂住臉，瘦削的肩膀瑟瑟發抖，哭得梨花帶雨。

林東起身走到她身旁，扶住了她的肩膀，江小媚則順勢抱住了她，靠在他胸膛上抽泣。

「小媚，你坐下，先別激動，好好聽我跟你說一說，好嗎？」

江小媚很少哭泣，她比起同齡人要成熟許多，明白這世上最不值錢的可能就是泥巴和眼淚，而且她事事要強，以女強人自居，所以很少哭泣，卻不知怎的，今天在林東面前哭得稀哩嘩啦，越哭越凶，心裏的委屈不僅沒有減淡，反而愈發濃了。

林東一動不敢動，任憑江小媚把頭埋在他胸膛上，只喜歡她能快點哭完，否則若是讓外人知道江小媚在他的休息室裏抱住他失聲痛哭，恐怕公司裏的流言蜚語將會滿天飛。

過了許久，江小媚的哭聲才減弱，林東好言相勸，總算是把她哄得坐了下來。江小媚卻是抓著他的胳膊，不讓他去對面坐，讓他就坐在自己身旁。

林東開口說道：「小媚，我想公司裏不會只有你一個人受到了金河谷的簡訊。金家財大氣粗，金河谷大可以砸錢挖走我的人，有些人的去留我不在乎，但是你如果也離開了我，我想我的心裏一定會非常難受。小媚，你能理解我嗎？」

江小媚含淚點頭，林東抽了幾張面紙給她，「擦擦眼淚吧，妝都哭花了。」

江小媚噗哧一笑，擦乾了臉上的淚痕，問道：「林總，那你為何還說要我去金河谷那邊？」

林東笑道：「要你去金河谷那邊，自然不會是讓你真的去投靠他，只是假意投誠，實際你則是我的秘密武器，暗中替我蒐集金氏地產的資訊，他在明我在暗，我就更有把握收拾金河谷了。要記住，你將是我插向金河谷心臟的利劍！」

江小媚明白了林東的意思，訝聲說道：「林總，你這是要我做臥底啊！」

林東點點頭，說道：「我知道臥底不容易做，金河谷允諾你的待遇我也同樣的給你，同時你還可以拿他那邊那份的，一加一那就是雙倍啊。」

江小媚道：「林總，為什麼選擇我？公司還有其他人，比如林菲菲，你為什麼不讓她去做臥底？」

「因為你是最合適的！」

林東沉聲說道：「你與菲菲性格千差萬別，菲菲的性子太過剛強，韌性不足，如果我跟她說這事，恐怕她聽不到一半就會摔門而去。而你不同。俗話說女人是水做的，你的性格就是這句話最好的解釋，無形無狀，懂得因勢利導順勢而為，這是做一個成功的臥底的先決條件。」

「這麼說，我就是比林菲菲強嘍？」江小媚看著林東，眼神中充滿期待。

林東點點頭，笑道：「如果單論這一點，你的確要強菲菲很多。」

江小媚已經動心了，這是林東單獨授予她的特殊使命，放眼全公司，只有她一人能夠被老闆看中，這是多麼大的一份榮耀啊！何況還有雙份的薪水可以拿，她打算答應林東的請求。

「林總，金河谷會信任我嗎？」

林東笑道：「哼，金河谷的公司現在就是個空殼子，他無人可用。如果你過去了，他不信任你難道花大錢不讓你做事嗎？即便是他不信任你，我想聰明的小媚你總有辦法讓他信任的。」

江小媚道：「林總，想起金河谷色瞇瞇的眼神我就渾身不自在，我怕他……」

林東打斷了江小媚的話，說道：「如果金河谷膽敢對你那樣，你可以隨時終止臥底行動，待遇我一分都不會少給你。對了，金河谷的手段卑鄙下流，你跟他在一起要格外的小心。」他想起金河谷在蕭蓉蓉酒中下媚藥的事情，心頭不免為江小媚擔憂起來。

江小媚見林東流露出的擔憂之色，心田一暖，笑道：「林總，你就放心吧，這些年我不知道見過多少壞男人。那些人想什麼心思，我一眼就能看穿，想要對我使壞，不是那麼簡單的。」

林東主動握住江小媚的手，江小媚只覺全身像是過電一般，整個人不由自主的顫慄了一下，只覺渾身酥酥麻麻的，十分的受用舒服。

「小媚，任務艱巨，你要加倍小心。不過在我心裏，你的安全才是第一位的。臥底行動何時終止，完全由你決定！」林東鄭重說道，「全公司只有我一人知道你臥底的身分，以後你與我單線聯繫。」

江小媚鼻尖一酸，忍不住又流下了眼淚，說道：「林總，你放心，我一定不會辜負你對我的殷切期望！」

林東抽面紙親自為她擦乾了眼淚，柔聲說道：「別哭了，不然待會紅著眼泡出去，員工們不知道的還以為我把你怎麼了呢。」

江小媚泣聲道：「你大白天的把人家叫到休息室裏來，人家的名聲已經被你搞壞了。」

林東笑道：「這不會，除了周雲平，應該沒人知道你進了我的休息室。好了，你平靜一下心緒，我倒杯水給你喝喝。」

林東起身倒了水回來，發現江小媚正深情款款的看著他，笑問道：「怎麼了，我臉上髒了？」

江小媚搖搖頭，「以後就不能經常見到你了，我想多看你幾眼。」

林東猛然發現，江小媚似乎對他暗生情愫了，想到他現在紛亂複雜的感情，心想再不能處處留情了，否則必然一發不可收拾，說道：

「小媚，我有什麼好看的，等咱們擊敗了金河谷，你還會回來的。快喝水吧，你在我這裏已經很久了，再不走恐怕要惹人猜忌了。」

他剛才為了成功說服江小媚去金河谷那邊做臥底，的確是動用了一點感情攻勢，只怕是讓江小媚看到了希望，誤以為自己也喜歡她。林東心中感歎道，我什麼時候也變成這種人了，為達目的，竟然欺騙別人的感情，唉……

江小媚一點頭，喝了杯水，等情緒完全平靜下來，告別了林東，離開了他的休息室。

林東回到辦公室，過了不久，就見周雲平走了進來。

「老闆，江部長似乎有點不大對勁啊？」

周雲平剛才在外面沒聽到裏面有一點動靜，剛才江小媚出來的時候，卻發現江小媚的眼圈是紅的，他可以肯定江小媚哭過了，所以忍不住進來一問。

林東抬頭看了周雲平一眼，又馬上低頭寫東西。周雲平伸了伸舌頭，知道自己問了不該問的問題，悻悻的退了下去。

再說胡大成這邊，這傢伙毫不遮掩的大步進了金氏地產，來到頂樓金河谷辦公室的外面。

關曉柔見有個四十幾歲的中年男人站在門口，笑問道：「請問你找誰？」

胡大成笑道：「麻煩通傳一下，就說胡大成來拜見金總。」

關曉柔按了一下電話。說道：「金總，外面有位胡先生找您，要見嗎？」

金河谷道：「快請胡先生進來。」

關曉柔起身走到門口，笑道：「胡先生，金總請您進去。」

胡大成點頭哈腰，隨關曉柔走進了金河谷的辦公室，關曉柔給他倒了茶水就出去了。

「金總，您跟我說的條件，還作數吧？」胡大成表情僵硬，似乎很怕金河谷反悔。

金河谷哈哈笑道：「胡先生，我金河谷一個吐沫一個釘，哪能說話不算數！你放心吧，我說的條件肯定算數。」

金河谷看人下菜碟兒，胡大成有多大本事他也瞭解過，所以只給他開了五十萬的年薪，不過這也要比胡大成在金鼎拿得多。汪海還在的時候，胡大成一年不過也就拿這麼些。

「設計部的都是我的人。其實我今天來不僅僅是代表我一個人，更是代表整個設計部。我代大家問一句，什麼時候可以上班？」胡大成在金鼎建設的日子度日如年，恨不得立馬就跳槽過來。

金河谷笑道：「隨時都可以。」他站了起來，伸出手，「胡先生，歡迎你和你的團隊加入！」

胡大成受寵若驚，握住金河谷的手連連點頭。

金河谷請他坐下，笑道：「胡先生，我知道你是對面公司的老員工了。論資歷，沒人能比得上你，相信應該有不少人脈。我的公司正當用人之際，麻煩你替我傳播一下，只要是金鼎過來的，我這邊都歡迎，至於薪水和福利方面，絕對比林東給的多！」

胡大成道：「金總放心，我一定把您的話傳出去，相信有識之士應該都能看得出跟著您比跟著林東有前途。」

這話十分受用，金河谷聽了之後連連大笑。

胡大成談完了事情，就起身告辭。金河谷只是讓關曉柔送他出去，連起身都懶得起身。

胡大成走出金氏地產的大廈，長長出了口氣，被金鼎壓抑了那麼久，想到馬上就不用再看林東的臉色了，只覺整個人都是輕飄飄的，心裏想著回去就打辭職報告，然後「啪」的一聲摔在林東的辦公桌上揚長而去，他似乎已經看到了林東驚愕的表情，那感覺就像是抽了他一巴掌似的，一定很爽！

他邁過馬路，見了金鼎大廈，見到每個人都一臉笑容，與平時的冷漠截然不同。

此時，設計部的辦公室裏流動著一股躁動不安的氣氛，所有人都無心工作，聚在一起小聲的議論著。

「哎，老大說咱們每個人年薪十萬，真的嗎？」

「金家財雄勢大，出得起這個錢。」

「也不稱稱自己幾斤幾兩，咱們什麼水準難道自個兒不清楚嗎？金家的錢也不是大風刮來的，難道會隨便扔？」

「別瞎琢磨了，等會兒老大回來自然就有分曉了。」

這時，胡大成推門走了進來，帶著一臉的笑容。眾人一看他這幅表情，都鬆了口氣，看來事情談成了。

「老大，快說說，金總怎麼說？」眾人將胡大成圍在中間，七嘴八舌的問道。

胡大成喝了口茶，一拍桌子，「老子出馬那小子還能敢說啥？你們聽好了，金河谷說了，趕緊辭職到他那邊報到，待遇就是我早上跟你們說的那個。」

眾人一個個面露喜色，對胡大成感激涕零，紛紛表示不管到了哪裏都會繼續效忠胡大成。

胡大成揮揮手，「都散了吧，各忙各的事情去，別圍在我這兒了。」

眾人散了之後，胡大成就打開了電腦，開始打他的辭職報告。胡大成知道辭職報告只是個形式，簡單的寫了幾句話就完事了，列印出來，拿著辭職報告就往林東的辦公室去了。

進了外間的辦公室，瞧見周雲平正在伏案工作，悄悄走過來低聲笑道：「周秘書，還忙著呢，想好了沒有？」

周雲平愣了一下，很快明白了胡大成所指的意思，笑道：「還在想，胡部長，你想好啦？」

胡大成含笑點頭，把手中的辭職報告亮了亮，問道：「林總在裏面吧？」

周雲平明白他是來辭職的，心道這老小子的速度還真是快，剛從金河谷那邊回來就過來辭職，看來是早有叛離之心啊，笑道：「在呢，你進去吧。」

胡大成深吸了一口氣，壯起膽量，推門進了林東的辦公室，真的要跟林東面對面說辭職，他心裏還真是有點膽怯。

林東瞧見他進來，微微一笑，「老胡，你不會是來辭職的吧？」

胡大成一驚，馬上就意識到是周雲平告的密，除了他看到自己去了金氏地產，其他人根本不知道，故作鎮定，把辭職書放在了林東的辦公桌上，說道：「請林總批准吧。」

林東連看也沒看胡大成的辭職信，笑道：「天要下雨，娘要嫁人，你要走，我不留。老胡，畢竟共事一場，到了對面，希望你能做得開心。」

胡大成心中震撼，原來林東已經什麼都知道了，計畫落空，看來自己是沒機會看到林東臉上露出震駭的表情了，反而讓林東占了先機，這讓他臉上掛不住了。

胡大成低頭不語。

林東繼續說道：「老胡，你去找老芮吧，我會讓他多結一個月的工資給你。」

胡大成一聲不響的離開了林東的辦公室，出了門之後，一摸腦門，竟然濕噠噠的都是汗。想到林東一句挽留的話都沒有，胡大成氣得臉色發青，亨通地產是他跟著汪海拚搏才有的，自己怎麼說也是開國元老，多算一個月的工資，就這麼對待一個元老的離開嗎?!太諷刺了!

他心裏記著這個仇，回頭惡狠狠的朝林東的辦公室看了一眼。

林東把胡大成的辭職信揉成紙團扔進了垃圾簍裏，拎起桌上的電話給芮朝明打了個電話：「老芮，胡大成辭職了，給他多算一個月的工資。」

「知道了林總。」芮朝明沒有多說一句話，他從林東的語氣中感受到了怒氣。

芮朝明昨天也收到了金河谷的簡訊，他看了一眼就刪了，跟著林東他做得很開心，夫妻二人的收入也足夠開銷的，金錢對他的吸引力不大。更重要的是他看好林東，深信林東日後的成就無可限量。他清楚自己是個沒有大才的庸人，不過只要跟對了老闆，飛黃騰達也不是不可能。

胡大成走後，設計部的十幾個員工集體來向林東辭職。林東懶得在他們身上浪費時間，直接交給周雲平處理了，他告訴周雲平，只要是主動過來辭職的，不要挽留。

中午的時候，周雲平拿著一疊辭職信進了林東的辦公室，問道：「老闆。看不看？」

林東指了指垃圾簍：「扔了。」

周雲平歎道：「可悲啊，設計部所有人都淪陷了，沒一個留下來，都是叛徒！老闆，設計部沒人了，以後怎麼辦？」

林東早已想過，說道：「保安部也沒了，小周，咱們公司現在還有丟東西的現象發生嗎？」

周雲平搖搖頭：「自從請了保安公司的人過來之後，公司裏再也沒有東西丟過，以前一個月的辦公用品消耗將近十萬塊，現在居然連兩萬塊都不到了。」

林東笑道：「這不就得了，設計部本來就是個多餘的部門，汪海這個傢伙非得要弄得五臟俱全，公司裏什麼部門都不缺，其實這完全就是資源的浪費。你是管理學的碩士，知道什麼叫服務外包吧？」

周雲平恍然大悟，明白了林東的意思，笑道：「老闆，你的意思是跟裁撤保安部一樣，設計部的工作以後也外包出去？」

林東含笑點頭：「以後咱們有專案，就廣發英雄帖，邀請專業的設計公司參與設計。哪家公司設計的好，咱們就採用哪家的方案，這樣不僅省了養活胡大成那幫閒人的工資，還能挖掘出好的設計方案，多好！」

周雲平擊掌讚歎：「好主意！老闆，我發現我越來越佩服你了。」

林東笑道：「小周，你的能力不在我之下，而且具有很深的理論造詣，唯一欠缺的就是沒把公司當成自己的。如果你坐在我的位置上，你會比我想出更好的主意的。小周，日後我的產業可能會越來越多，而我的時間是有限的，所以免不了到時候公司要由你來打理，我希望你能早點進入角色，站在我的角度上思考問題，尋找解決問題的辦法。」

周雲平聽了這話，激動的差點沒有暈厥過去，能得到老闆如此的栽培，是每個員工都夢寐以求的。周雲平激動的語無倫次：「林……總……我……」

林東笑道：「別那麼不自信，你行的！走吧，去食堂吃飯去，你不是惦記著讓我請你吃飯嗎，中午這頓我請，管你吃飽。」

周雲平汗了一把：「天啊，老闆，你真的摳門到請我吃食堂啊？」

林東起身朝門外走去：「愛吃不吃，不吃拉倒。」

周雲平搖頭苦笑，有總比沒有的好，大叫一聲等等，快步追了上去。

到了食堂，林東發現今天有不少員工三五成群的湊在一起低聲的聊著什麼，當看到他過來，馬上就噤聲了。林東耳力超凡，已經隱約聽到了他們聊天的內容，看來金河谷不僅從公司的高層下手，就連中下層的員工他也採取了金錢攻勢。

這是要把他的公司連根挖了啊！

周雲平發現老闆的臉色不大正常，低聲問道：「林總，是不是聽到些風言風語了？」

林東反問道：「你也聽到了？」

周雲平道：「上午去廁所時，我就聽到了。果然與你所料一樣，金河谷簡直就是漫天撒網，只要是我們公司的，無論什麼人他都要，揚言要你做光杆司令呢。」

林東咬牙道：「他這是自掘墳墓！」

二人排到了隊伍的最後面，員工們紛紛和林東打招呼，他也不知是不是先入為主的緣故，總覺得今天所有人看他的眼光怪怪的，就連一向見林東來到食堂就過來打招呼的毛大廚都沒過來。

他倆午飯來得較晚，所以後面一直沒人排隊，過了一會兒，林菲菲走了過來，排在他倆之後。

「菲菲，你也還沒吃飯啊？」周雲平笑道。

林菲菲一點頭，說道：「周雲平，能不能插個隊？」

周雲平笑道：「別人不行，對於林大美女自然要大開方便之門了。」說著，把位置讓了出來。

林菲菲站到周雲平與林東中間，低聲對林東說道：「林總，金河谷找我了。」

林東回頭笑問道：「菲菲，那麼你是什麼打算呢？」

林菲菲道：「那條簡訊我看完就刪了，林總，我反正是一心跟你走到底了。」

林東從未懷疑過林菲菲會棄他而去，開玩笑的說道：「希望不是跟我一條道走到黑。」

林菲菲微微一笑：「有些同事動心了，我不知該不該勸他們留下來。」

林東道：「既然想走，那就別勸了吧，我需要的是對公司絕對忠誠的員工。古話說兵不在多在精，我相信我們必能夠培養出一支精英隊伍，每戰必勝！」

林菲菲道：「林總你說的有道理，我心裏知道該怎麼做了。我的部門應該不會走太多的人，許多人都是與我並肩戰鬥過的，除非我走，否則他們是不會走的。」

終於輪到了林東，打菜的廚師一見是老闆，不好意思的笑了笑：

「林總，剛才沒看著你，來得太晚，都沒什麼菜了，要不我給你現炒幾個吧？很快的。」

林東笑道：「沒事，這些菜挺好。」掉頭把周雲平叫了過來，「挑吧。」

周雲平自然不會客氣，幾乎把剩下的幾個葷菜全部打了。

林菲菲打好了飯菜與林東坐在一起，與他們閒聊才知道周雲平是因為嫉妒林東給了他們銷售部一萬塊錢吃飯錢，才讓林東請客的，沒想到只敲到一頓食堂的飯菜，這成了林菲菲奚落他的把柄。

下午，林東將周雲平叫到裏面的辦公室，告訴周雲平他即將要去京城，不在的這些天公司的事務就交予他打理。

周雲平已經不是第一次替林東打理公司事務了，不過這一次涉及到公司員工的流失，知道對他而言是次難得的考驗自己的機會，在心裏告誡自己，一定要處理好問題。

胡大成在辦公室裏將他的私人物品整理好，不捨的看了一眼這間自己工作了多年的辦公室，轉而一想即將到來的好日子，心頭的那一點不捨馬上就煙消雲散了。他昂首闊步的去了財務部，找到了芮朝明，一是來拿錢，二是來勸說芮朝明。

他進了芮朝明的辦公室，把門一關，笑道：「老芮，咱倆共事多年，有句話我覺得在我臨走之前應該告訴你。」

芮朝明猜到他想說什麼，笑問道：「你不會是想勸我也辭職到對面去幹吧？」

「聰明！」

胡大成笑道：「既然你那麼有悟性，那也就無需我多費口舌了。在這裏你一年二十萬頂多，到了對面，翻一倍還不止。人為財死鳥為食亡，咱出來工作不就是為了賺錢嗎，對吧？想想清楚，在哪裏不是做事，錢才是最實在的，跟我去吧，由我引薦，你不會拿的比我少的。」

芮朝明微笑不語，從抽屜裏拿出一個信封，丟到胡大成面前：「道不同不相為謀，老胡，拿著你的錢走吧。」

胡大成臉色變得很難看，嘴角上揚冷笑著，大有譏笑的意思，在他眼裏，芮朝明顯然是不識抬舉的典型：「老芮，你會後悔的！」

說完，拿著信封出了芮朝明的辦公室，出門的時候狠狠瞪了芮朝明一眼。

芮朝明一直面帶微笑，他記著胡大成臨走前說的那句話，其實也很想把那句話送給他。

究竟誰會後悔？

等著瞧吧！

芮朝明相信總有一天胡大成會意識到剛才的那句話是他自打自的臉。

請續看《財神門徒》之十一　過江猛龍

財神門徒 之10 感情攻勢

作者：劉晉成
發行人：陳曉林
出版所：風雲時代出版股份有限公司
地址：105台北市民生東路五段178號7樓之3
風雲書網：http://www.eastbooks.com.tw
官方部落格：http://eastbooks.pixnet.net/blog
Facebook：http://www.facebook.com/h7560949
信箱：h7560949@ms15.hinet.net
郵撥帳號：12043291
服務專線：(02)27560949
傳真專線：(02)27653799
執行主編：劉宇青
美術編輯：許惠芳

法律顧問：永然法律事務所 李永然律師
北辰著作權事務所 蕭雄淋律師

版權授權：蔡雷平
初版日期：2015年9月
初版二刷：2015年9月20日
ISBN：978-986-352-173-0

總 經 銷：成信文化事業股份有限公司
地　　址：新北市新店區中正路四維巷二弄2號4樓
電　　話：(02)2219-2080

行政院新聞局局版台業字第3595號 營利事業統一編號22759935

定價：280元　特價：199元

國家圖書館出版品預行編目資料

財神門徒／劉晉成著. -- 初版-- 臺北市：風雲時代，
2015.04 -- 冊；公分

ISBN 978-986-352-173-0（第10冊；平裝）

857.7　　104003800